Das Kichern der Kirschlorbeeren

Geschichten aus dem Leben

Das Kichern der Kirschlorbeeren

Geschichten aus dem Leben

Kathrin Reitz

Das Kichern der Kirschlorbeeren
Geschichten aus dem Leben
1. Auflage Dezember 2005
2. Auflage Januar 2012

ISBN 978-3-00-017981-5

Layout 2. Auflage: Julia Uerlings
Lektorat: Esther Mohnen
Gesetzt aus der Goudy
Produktion: imageDRUCK GmbH, Aachen

Inhalt

Vorwort

Üblicherweise schreibt der Autor ein Vorwort, und üblicherweise dankt er allen Helfern und Beteiligten. Üblich ist auch, daß der Autor ein Buch verlegen läßt. Dieses Buch ist jedoch nicht üblich. Es ist entstanden aus dem Anliegen der Autorin, ihre eigenen Gedanken festzuhalten und sie mit nur wenigen Freunden zu teilen. Als ihr Ehemann möchte ich ihr jedoch ihr eigenes Buch schenken, um ihr bei dem Schritt zu helfen, der für jeden Autor schwer ist, nämlich die eigenen Geschichten einer breiteren Öffentlichkeit bekanntzumachen. Daher danke ich allen Helfern, an allererster Stelle Michael Müller und seinem Team, Esther Mohnen, Dagmar Ostrowski, Ursula Ronnenberg und Renate Frank-Thomas von der Druckerei Frank, die alle die eben nicht übliche Vorgehensweise engagiert unterstützt haben.

Letztlich aber soll dieses Buch auch meine ganz persönliche Liebeserklärung an meine Frau sein. Jedem Leser wünsche ich, daß er, so wie es mir selbst widerfahren ist, lacht und weint und seine eigenen Emotionen wiederfindet.

Aachen, im Dezember 2005

Helmut Reitz

Vorwort zur 2. Auflage

Als die erste Auflage dieses Buches im Dezember 2005 erschienen ist, hat mein Mann das Vorwort geschrieben. Damals hat er mit Hilfe eines unglaublichen Teams meine Geschichten und Texte als Buch herausgebracht. Heimlich und unheimlich liebevoll. Als ich in jenem Jahr mein eigenes Buch als Geschenk unter dem Tannenbaum vorgefunden habe, war ich sprachlos. Wer mich kennt, weiß was das bedeutet. Es war das Geschenk meines Lebens, das ich da vorgefunden habe und es hat meiner Schreibfreude noch einmal unendlichen Aufschwung gegeben. Ich muss zugeben, meiner Ehe hat diese liebevolle Idee auch nicht gerade geschadet .... Mein Mann hat sich damals für jeden zukünftigen Leser gewünscht, dass er bzw. sie lacht und weint und in den Geschichten die eigenen Emotionen wiederfinden möge. Heute, fast genau 6 Jahre später, kann ich sagen, dass sich sein Wunsch offenbar erfüllt hat. Die „Geschichten aus dem Leben" haben so viele Leser gefunden und ich habe so viele wunderbare

Rückmeldungen bekommen, dass ich nun eine zweite Auflage und eine Fortsetzung („Die Kirschlorbeeren schlagen zurück“, siehe Ende des Buches) fertiggestellt habe.

Daher möchte ich an dieser Stelle nicht nur meinem Ehemann für die einzigartige Idee danken, die er im Jahre 2005 gehabt hat (Mein Schatz, du bist wirklich meine „besser Hälfte“ ohne die ich mir mein Leben nicht vorstellen möchte!), sondern auch all jenen wundervollen Menschen, die „Das Kichern der Kirschlorbeeren“ bisher gelesen haben. Die Rückmeldungen dieser Leser haben mich berührt und bereichert und daher gebührt mein besonderer Dank an dieser Stelle auch Ihnen, den Lesern der ersten Auflage.

Außerdem gilt mein Dank selbstverständlich weiterhin den Mitstreitern der ersten Auflage, die das Buch damals Wirklichkeit werden ließen. Für das Gelingen dieser zweiten Auflage möchte ich mich bei der Firma imageDRUCK bedanken, die dieses Projekt ebenso wie alle bisherigen engagiert begleitet hat und hier besonders bei Frau Uerlings, die sich von plötzlich auftretenden Schwierigkeiten niemals einschüchtern lässt.

Aachen, im Dezember 2011
Kathrin Reitz

Das Kichern der Kirschlorbeeren

Mönchengladbach, Juli 2001, laue Sommernacht

Hier sitze ich nun auf meiner Terrasse, genau drei Wochen nach meinem fünfundvierzigsten Geburtstag. Der leichte Wind der lauen Julinacht streichelt mein Gesicht und läßt das Laub der Büsche im Garten rascheln. Heute ist es ein herrlicher Garten, genau so, wie ich ihn mir vorgestellt hatte. Hinter dem Haus ein italienisch anmutender Hof mit Springbrunnen und großen Terrakottatöpfen, vorne, vor der Längsseite des Hauses, eine große, sattgrüne Rasenfläche mit dezent geschwungenen Beeten voller Rhododendron und einigen immergrünen Kirschlorbeerbüschen. Aber es sind nur wenige Kirschlorbeerbüsche, die das Massaker überlebt haben. Ich sitze hier und kann sie kichern hören. Es gibt nichts Schlimmeres als kichernde Kirschlorbeeren in einer romantischen Julinacht. Ehrlich! Mein Mann Markus hat sich anfangs ernsthafte Sorgen gemacht, als ich ihm erzählte, daß diese Büsche kichern. Aber sie tun es, und ich kann es hören. Leider kann nur ich es hören und zwar seit einem halben Jahr, seit ich begonnen habe, den Garten umzugestalten.

Mönchengladbach, Januar 2001, naßkaltes Wetter

Ich starrte aus dem Fenster. Dichter Dauerregen fiel vom Himmel. Das neue Jahr hatte gerade erst begonnen und bemühte sich nach Leibeskräften, eine eigene Persönlichkeit zu entwickeln. Ich fühlte mich matt und ausgelaugt, wie immer in den Schulferien. Seit gestern war Markus mit seinen Freunden für ein paar Tage zum Skifahren gestartet. Da ich höllisch unsportlich war, vermied ich es schon seit längerem, ihn bei solchen Reisen zu begleiten. Und nun langweilte ich mich unendlich. Mein Blick schweifte durch den Garten, der sich in nassem Dunkelgraugrün präsentierte. Die Beete, die die große Rasenfläche vor dem Haus einrahmten, sowie der schmalere Teil des Gartens hinter dem Haus, an dem mein Wintergarten angebaut war, waren von den ehemaligen Besitzern des Hauses mit pflegeleichten immergrünen Kirschlorbeersträuchern bepflanzt worden. Ich liebte den Wintergarten vom Tag des Einzugs an. Und nun fiel mir auf einmal auf, wie dicht sich die Kirschlorbeeren an mein Lieblingszimmer herangepirscht hatten. Langsam, schleichend, wuchernd. Ich war irritiert. Wieso war mir das nicht viel früher aufgefallen? Wieso ließ ich das zu? Ich konnte sie ebensogut zurückschneiden. Ich hatte ja sowieso nichts

Besseres zu tun. Wo hatte ich bloß die alte Rosenschere? Damit mußte es doch gehen. Entschlossen zog ich mir die Regenjacke an, stopfte mir den Hut auf den Kopf, schlüpfte in meine Gummistiefel und machte mich an die Arbeit. Was für ein Heidenspaß! Leider war die Schere nicht besonders scharf, so daß ich mir immer neue Techniken des Abreißens, Abdrehens oder -zerrens der dicken Äste einfallen lassen mußte. Dennoch überaus motiviert und vom schnellen Erfolg beflügelt, hielt ich diese schweißtreibende Arbeit über zwei Tage durch. Auch der Regen hielt durch. In der hinteren Ecke des Gartens hatte ich einen großen Berg abgeschnittener Kirschlorbeerzweige aufgetürmt, als mich am dritten Tag eine saftige Erkältung erwischte, die meinem Tun ein jähes Ende setzte.

In der Nacht bevor Markus nach Hause kam, hatte ich dann diesen Alptraum, der meine friedliche kleine Welt für immer verändern sollte. In diesem Traum war ich wieder mit einer Schere unterwegs. Sie war mörderisch groß und irrsinnig scharf. Aber so sehr ich mich auch bemühte, ich bekam nichts ab von den Kirschlorbeerzweigen. Und schlimmer noch: die Büsche begannen, bei meinen albernen Versuchen zu kichern. Erst vorsichtig. Dann deutlicher. Schließlich war es mir, als schalle ihr Gekicher aus den umliegenden Nachbargärten wie ein Echo aus tausendfacher Kirschlorbeerkehle zurück. Ich hielt mir die Ohren zu, aber sie waren übermächtig. Und sie drohten mir, sie würden so schnell wachsen, daß ich niemals mit meinem stümperhaften Schneiden hinterherkommen würde. Schweißgebadet wachte ich auf. Die Stille, die im Zimmer herrschte, schmerzte fürchterlich. Ich blinzelte auf die Uhr. Drei Uhr siebzehn. Egal. Ich stand schniefend auf, zog mir den Bademantel an und ging in den Flur. In der großen Kommode suchte ich nach Markus' Taschenlampe, die er sich letztes Jahr extra für einen fünftägigen Survivaltrip in die Lüneburger Heide angeschafft hatte. Dieser Trip hatte bereits am zweiten Tag in einem Fünf-Sterne-Hotel geendet, und seither war die Taschenlampe nie wieder benutzt worden. Ich probierte sie aus, sie funktionierte. Mit klopfendem Herzen schritt ich zur Terrassentür und öffnete sie. Dann trat ich in die Dunkelheit der feuchtkalten Januarnacht. Ich eröffnete das Feuer meiner Taschenlampe und richtete ihren Strahl auf den Haufen Kirschlorbeerzweige hinten im Garten. Die Taschenlampe erhellte mit greller Nüchternheit die Erfolge meiner zweitägigen Arbeit. Auch die Löcher in den Sträuchern, die ich geschlagen hatte und die im Schein des Lichtstrahls auf bizarre Weise leuchteten, zeugten von meinen erfolgreichen gärtnerischen Taten. Ich atmete lächelnd auf. Also alles doch nur ein Traum. Da geschah es. Leise. Ganz zaghaft, aber ich konnte es genau hören. Die Kirschlorbeeren kicherten tatsächlich! Kalter Schweiß trat mir auf die Stirn, und mit einem Satz brachte ich mich wieder in die Sicherheit des warmen Wohnzimmers, warf die Tür ins Schloß und drückte die Survivaltaschenlampe fest an meine Brust. Sie kicherten. Selbst hier drinnen konnte ich es hören. Leise, aber deutlich. Mir war klar, ich würde es niemandem erzählen können. Aber mir war auch klar, ich würde nicht aufgeben. Erschrocken und erschöpft zugleich tapste ich zurück in mein Bett, das mich mit tröstlicher Wärme umfing und mich nach einiger Zeit gnädig zurück in den Schlaf führte. Die Survivaltaschenlampe lag neben mir, sicherheitshalber.

Mönchengladbach, Januar 2001, noch immer Regen

Als Markus von seiner Kurzreise zurückkehrte, war er sowohl über meinen als auch über den Zustand unseres Gartens entsetzt und entschied sofort, mir die Neugestaltung der gesamten Fläche zu meinem fünfundvierzigsten Geburtstag zu schenken, der im Juli anstand. Keine zehn Tage später, ich war gerade im Begriff, mich nach der Schule ein wenig hinzulegen, klingelte es energisch an der Haustür. Vor der Tür stand eine Frau, die ungefähr mein Alter haben mußte, aber damit waren eventuelle Gemeinsamkeiten auch schon erschöpft. Diese schlanke Dame war perfekt gestylt, in ein hellgraues Designerkostüm gehüllt und telefonierte wild gestikulierend mit ihrem Handy. Was um Gottes willen könnte eine solche Person mittags von mir wollen?

„Hallo, hallöchen, ich bin Frau Stolzenmeier-Hühnerbach, die Landschaftsarchitektin, Sie wissen schon, nicht wahr, nicht wahr." Das grelle Lachen, das dann folgte, schmerzte noch mehr als ihre gesamte Erscheinung. Ich war sprachlos.

„Nun, wollen wir denn nicht einmal hineingehen? Den Bereich einmal mustern, nicht wahr, nicht wahr? Zeit ist Geld, also hoppla di hopp."

Wieder dieses grelle Lachen. Und schon schob sich die perfekte Frau Stolzenmeier-Hühnerbach an mir vorbei durch die Tür, um sich selbständig den Weg durch meine Diele und mein Wohnzimmer zu meiner Terrasse zu suchen. Ich gehöre leider zu den Frauen, bei denen sich im Laufe der Jahre einige Pfunde um die Hüften niedergelassen haben. Das kaschiere ich in der Regel ganz gut. Nun habe ich aber die Angewohnheit, mich nach der Schule in meine Wohlfühlsachen zu kleiden, die ungefähr so attraktiv sind wie die Teile einer durchschnittlichen Altkleidersammlung. Da stand ich nun in einem grobmaschigen, schwarzen Strickpullover, Größe XXXL und einer hellen Baumwollhose, die sich an den Knien meiner hauptsächlich sitzenden Tätigkeit angepaßt hatte und dort beeindruckende Ausbuchtungen zeigte. Meine von der Erkältung noch immer gerötete Nase hob sich glänzend von der sie umgebenden weißen Winterhaut ab. Kurz, ich bot ein Bild des Jammers in Lodenpantoffeln. Und daneben Frau Stolzenberg-Hühnermeier. Mein Selbstbewußtsein sank im Tempo der Telefonate, die Frau Stelzenmeier-Hühnerberg, oder war es Stolzenberger-Hühnermeier führte. Während ich versuchte, meine Gedanken zu ordnen, hatte Frau Wie-auch-immer-Bach die Terrassentür geöffnet.

„Also Kindchen, das sieht ja furchtbar aus! Ihr Gatte hatte recht, der Garten muß vollständig neu geplant werden. Ach, du je, du je, was ist denn da hinten passiert? Hat da der Blitz eingeschlagen?"

Frau Hühnerbergs Blick war an meinen Kirschlorbeeren gelandet. Besser gesagt, an dem, was davon übriggeblieben war. Da geschah es. Schon wieder. Ganz leise. Die Kirschlorbeeren kicherten. Offenbar wähnten sie eine Verbündete in Form der designerkostümierten Landschaftsgestalterin. So schnell wie diese gekommen war, war sie auch wieder verschwunden. In den nächsten Tagen brachte sie Unmengen riesiger Zeichnungen in mein Haus, die die einzelnen Schritte der Umgestaltung zeigten. Ich war jedesmal wie betäubt. Und immer wieder dieses Kichern. Immerhin einigte ich mich mit Frau Hühnerberg darauf, daß die Kirschlorbeeren am Wintergarten verschwinden müßten.

Mönchengladbach, Februar bis Juni 2001, wechselhaft

Was dann begann, läßt sich schwer in Worte fassen. Ich könnte es allenfalls noch mit einem Begriff aus dem psychologischen Wörterbuch belegen, das ich zufällig in der Schulbibliothek in die Hände bekommen hatte. Schwere Traumatisierung, hieß es da, bedingt durch ein schockierendes

Ereignis, einhergehend mit dem Gefühl von Kontrollverlust und Hilflosigkeit. Die Betroffenen leiden an Alpträumen und ziehen sich zurück. Das traf den Nagel auf den Kopf. Frau Stolzenmeier-Hühnerbach schaffte es – neben der Tatsache, mich schwerstens zu traumatisieren – binnen weniger Wochen, aus einem ehemals grünen Garten eine Großbaustelle zu machen. Aber es hatte auch sein Gutes; ich glaube nämlich, daß der Tag, an dem die Bagger kamen, der Tag war, an dem selbst den heimtückischen Kirschlorbeeren das Lachen verging. Zumindest vorübergehend. In den Wochen des Frühjahrs türmten sich mannshohe Erddünen in meinem Garten, auf denen kleine Lastwagen wie zu Lummerlands besten Zeiten herumflitzten. Mit Genugtuung verfolgte ich, wie die Bagger die Wurzeln der Kirschlorbeeren ausrissen. Nicht, daß diese sich nicht gewehrt hätten, aber letztlich hatten sie keine Chance. Lummerlands Bagger waren stärker. Mir schien es, als wären die restlichen immergrünen Kirschlorbeeren an diesem Tag ein klitzekleines bißchen weniger grün gewesen. Aber es gab nicht nur solche guten Zeiten. Frau Stolzenmeier-Hühnerbach wollte mich anfangs zu einem edlen japanischen Hinterhof überreden. Das Gräßlichste bei diesem Plan war ein mannsgroßer, fetter Buddha aus Stein, der Wasser speien sollte. Eine hölzerne Brücke mit kitschig rotem Geländer sollte den Hofbereich dann mit dem Rest des Gartens verbinden. Das war der Tag, an dem ich meine Beherrschung verlor und sie anschrie. Vor ihren Bauarbeitern. Und weil mein Körper einen guten Resonanzboden bot, konnte ich sehr laut schreien. Vielleicht brach auch ein wenig jener jähzornigen Komponente durch, die Erbe meines Großvaters mütterlicherseits war, seines Zeichens Oberstleutnant zur See. Von da ab plante ich problemlos meinen italienischen Hinterhof.

Mönchengladbach, Juli 2001, noch immer laue Nacht

Wenn ich an all diese gräßlichen Wochen denke, weiß ich nicht mehr, wie ich das durchgestanden habe. Die Arbeit, die Unordnung und vor allem: das Kichern. Wenn sie heute wieder einmal kichern, hole ich wortlos die in XXL vergrößerte Fotografie des Baggers auf die Terrasse. Diese Stille, die dann plötzlich eintritt, ist herrlich. Das ist die Rache der Gärtnerin, das ist der Sieg über die wahre Natur des Kirschlorbeers, prunus laurocerasus. Ich habe bis zu meinem fünfundvierzigsten Geburtstag nicht gewußt, daß es gemeiner Kirschlorbeer heißen muß. Aber genau so muß es lauten: Gemeiner Kirschlorbeer, prunus laurocerasus vulgaris, jawoll!

Und ich bin froh, daß ich das entzückende Buch über englische Gärten und das große Geschick ihrer engagierten Gärtnerinnen, das mir meine Freundinnen zum Geburtstag geschenkt haben, nicht früher gelesen habe. Darin heißt es gleich zu Beginn: Fast jede Frau in England entscheidet sich an ihrem fünfundvierzigsten Geburtstag, ob sie sterbenslangweilig werden möchte oder Gärtnerin. Darum also hat England so viele wunderschöne Gärten.

Da, jetzt kichern sie wieder! Sekunde, ich hol nur eben das Foto von dem Bagger.

Schätze für „ganz Kleines"

Ich habe Glück, wirklich. Meine Freundinnen weinen über die Untreue ihrer Männer, während ich eines dieser vom Aussterben bedrohten Prachtexemplare ergattert habe. Er ist nicht nur treu, sondern obendrein auch noch wundervoll. Das Geheimnis? Die Evolution, meine Damen. Ich sage nur: Jäger oder Sammler. Das ist entscheidend. Ich will es Ihnen kurz erläutern, denn es ist wirklich sehr einfach. Jäger, liebe Geschlechtsgenossinnen, Jäger jagen aus Leidenschaft auch schon mal zweibeiniges Wild, sehr zum Leidwesen der Angetrauten. Sammler hingegen sind die treueren Seelen, horten, kümmern sich um die Lieben daheim und sind häuslich. Wenn sie sich auf das Sammeln materieller Gegenstände spezialisiert haben, jedenfalls. Die andere Sorte kann ich nicht beurteilen. Sehen Sie, hier ist nun der einzige, kaum erwähnenswerte Haken: das Sammeln an sich. Meine geliebte bessere Hälfte sammelt.

Während des Alltags geht er einer durchaus angesehenen Betätigung nach, aber am Freitagmorgen bei Anbruch des Wochenendes, noch weit vor den offiziellen Büroöffnungszeiten, beginnt die wundersame Wandlung des Sammlers. Donnerstags noch gepflegt und ordentlich, schlüpft er zu nachtschlafender Zeit gegen halb fünf am noch jungfernhaften Freitag unrasiert und ungewaschen in die ältesten schmuddeligen Jeans seines üppigen Kleiderschrankes. Die Händler machen das so, das hält die Preise klein. Ach so.

Ich habe ihn ein paarmal begleitet. Aber ich mußte immer brav einige Schritte Abstand halten. Zu ordentlich. So laufen nur die Touristen rum, und die kriegen die teureren Preise. Es war auch nicht wirklich mein Ding, um diese frühe Morgenstunde in altem Krempel zu stöbern, in den dunklen Monaten des Jahres sogar mit Taschenlampen bewaffnet in den Hängern der Kollegen. Ich habe immer gefroren und selten was gefunden. Das ist übrigens das Unglaubliche. Mein Sammler geht durch eine weitere Transmutation, wenn er sein Auto abgestellt hat. Die erwartungsfrohe Anspannung treibt ihn schnellen Schrittes an die zur Schau gestellten Kostbarkeiten, die ganze Muskulatur des Körpers reagiert. Der Rücken krümmt sich in Erwartung eines möglichen Superschnapps, ermöglicht notfalls pfeilschnelles Vorschießen. Die Augen verengen sich, nehmen jenen scannenden Blick ein, dem ein Nichtsammler niemals zu folgen vermag. Ist ein Beuteobjekt in die nähere Auswahl gezogen, wird allerdings mäßiges Interesse bekundet. Mit dem

Herzschlag eines Kampfpiloten, versteht sich. Nur jetzt nicht erkennen lassen, daß man dieses Teil unbedingt will. Lässig bleiben. Cool. Und wenn nun der Preis stimmt, man zum ersten Mal an diesem Morgen des Handels einig wird, kommt der Sammler erst so richtig in Fahrt. Der Preis war nun entweder ein „o.k." (teuer, mußte man aber mitnehmen), oder „für ganz Kleines" (Schnäppchen) oder sogar „für dreimal Nix" (extrem gute Ware für ganz wenig, optimaler Einkauf). Die Beute ihrerseits hat ebenfalls eigene Wertmaßstäbe: entweder „ein Schnapp" (eher zum Weiterverkauf geeignet), „eine Rakete" (richtig gutes Objekt, hoher Erfolgsfaktor) oder sogar „eine Granate" (Traum der schlaflosen Nächte des Sammlers, Sechser im Sammellotto, das ultimative Einkaufserlebnis, seltene Ware, gut und lange gesucht).

Wie ein Wiesel saust der nun höchst motivierte Sammler an den Ständen vorbei und füllt seinen mitgebrachten Rucksack. Die Augen wie die Scanner im Supermarkt. Erfassen alles superschnell. Adlerblick. Mein Sammler ist allerdings eher elsterartig. Alles, was chromfarben blitzt, wird anvisiert. Chrom zieht magisch an, da kann er kaum widerstehen. Deshalb haben wir mittlerweile auch der Welt größte Art-deco-Aschenbecher-Sammlung auf dem Speicher. In Chrom, versteht sich, derartig aufpoliert, daß man eine Sonnenbrille aufsetzen muß, will man den Dachboden betreten. Das mit dem Polieren ist eine eigene Geschichte. Wenn der

Gatte aussieht wie aus dem Bergwerk. Echte Männermaloche. Stundenlanges Eintauchen in handgearbeitetes, gedankenloses Glück, Taumel des verschmutzten Chroms, dessen glanzvoller Geburt man beiwohnt. Der Staub ist meinem Kumpel nur so um die Brille geflogen. Aber die Augen, die leuchten aus dreckverschmiertem Gesicht mit dem polierten Chrom um die Wette. Sieh nur, Schatz, ist es nicht wundervoll? Ja, du bist wundervoll, lachen meine Augen zurück. Aber wissen Sie, was das Schlimmste ist? Richtig, aussortieren, weggeben, sich trennen. Da hört der Spaß auf. Ehrlich. Mit körperlichen Schmerzen verbunden ist das. Da hat meine Wegschmeißseele ja keine Ahnung. Was übrigens stimmt, ich verschenke leidenschaftlich gerne, schmeiße weg und miste aus. Die Leichtigkeit des Seins in dezent geleerten Regalen. Die allerdings nicht allzu lange leer bleiben, denn mein Sammler erahnt sich auftuende Lücken noch ehe sie entstehen. Und kauft ein, mit den unterschiedlichsten Begründungen: für Gäste, da haben wir mal was zum Wechseln, war eine Granate oder schlicht (und unwiderstehlich): für dich, Schatz. Hrgggg. Treffer versenkt. Hinein ins Regal.

Haben Sie sich schon mal Gedanken darüber gemacht, warum man sich eigentlich treffsicher einen Partner aussucht, der ganz bestimmt irgendwie einer Seite des eigenen Egos komplett gegensätzlich ist? Nein? Ich schon: Ich denke, es gibt etwas zu regulieren im eigenen Ego. Die sogenannte bessere

Hälfte zeigt einem, wie Leben auch funktionieren kann, genau entgegengesetzt zum eigenen Muster natürlich. Zwei Seiten einer Medaille. Das macht vollständig, läßt uns eins sein mit der geliebten anderen, so undurchschaubaren Seele, spiegelt die eigene Unvollkommenheit. Und läßt sich oft nur mit einer ordentlichen Portion Humor ertragen. Wohlgemerkt: auf beiden Seiten. Aber ist es nicht schön, daß wir alle unterschiedlich sind, unsere ureigenen Macken und Ecken haben? Das alleine macht das Leben doch erst spannend, oder nicht? Aufregend und glitzernd. Wie Chrom.

Ach Schatz? Haben wir am Sonntag früh eigentlich schon was vor? Da ist so ein toller Flohmarkt mit sechshundert Ausstellern ...

Internationales Pfauenrad

Manchmal ist es einfach nötig. Besonders in pädagogischen, psychologischen, ärztlichen oder artverwandten Heil- und Hilfsberufen. Ich spreche von der Teilnahme an Fortbildungen und Kongressen. Fortbildung heißt zunächst einmal fortzureisen. Fort von Mann, Kindern, Hunden, Haus und Garten. Allesamt zurücklassen mit langen Gesichtern und voll des eigenen schlechten Gewissens. Fort von den täglichen Verpflichtungen der damit verbundenen Arbeit. Trotzdem. Ich bin in einem helfenden Beruf tätig, also ran an das Wissen. Ein international besetzter Kongreß in einer großen Stadt im benachbarten Ausland ist es diesmal. Gemeinsames Lernen unter Pädagogen, Sozialarbeitern, Psychologen und Ärzten. Die Ärzte sind dabei besonders wichtig, sie heben das Niveau von Wissenschaftlichkeit und Qualität der Darbietungen ganz immens. Wirklich beeindruckend ist das, geballte Kompetenz in internationaler Atmosphäre. Ich muß zugeben, ich genieße das.

Nach zweistündiger Autofahrt habe ich endlich den entsprechenden Hörsaal der Universität erreicht und versuche, die sich immer wieder einschleichenden Horrorvisionen vom daheim wütenden Chaos zu verdrängen. Kaum Platz genommen, geht es auch schon los. Huch, lange her mein letzter Kongreß und eine Ewigkeit vergangen, seit ich selber die Uni besucht habe. Damals Folien per Overhead-Projektor auf Leinwand, ein Beamer war Science-fiction. Heutzutage prallt man nichtsahnend aus häuslicher Idylle in die perfekt gestylte Medienwelt professionellster Präsentationen. Beamer sind längst out. Alles in Englisch, wir sind kosmopolitisch. Videoclip jagt Live-Demonstration und gekonnt dargebotenen Vortrag per Mausklick. Das Licht nach Bedarf wie von Geisterhand gesteuert, mal heller, mal dunkler. Viel hat sich verändert im Laufe der Jahre. Na ja, zwei Schwangerschaften werfen zurück, kicken raus aus der dünnen Höhenluft der elitären Wissensgesellschaft, zu der ich eh immer nur auf Veranstaltungen wie dieser Zutritt hatte. Aber es gibt auch Dinge, die sich nicht verändert haben. Noch immer ist allen Vortragenden der dezente Hang zum Narzißmus gemein, die unverkennbare Liebe an der eigenen Darstellung. Und die vielen Dankesreden, die Huldigungen, die gibt es auch noch immer. Danke an die Mitschaffer, die Organisatoren, den Vorsitzenden, den Vizevorsitzenden, die Sekretärin des Vizevorsitzenden, die Kollegen und uns, die Teilnehmer und und und..., na ja, Sie kennen das. Meine Güte, was sind sie nett, die Hoheiten der Vortragssäle. Möchte nicht wissen, wie das im schnöden Alltag dort zugeht, aber ist auch Nebensache.

Unten im Hörsaal gibt mittlerweile ein junger, eloquenter Professor alles. Betont lässig, betont jugendlich, betont immer mal wieder, wo er schon überall war auf dieser Welt. Hat sein Publikum im Griff, unterhält brillant. Komisch, trotz all der Kompetenz und des geballt vorgetragenen Wissens drängt sich mir immer wieder der Eindruck eines Pfaus auf. Wie neulich im Tierpark mit den Kindern. Der männliche Pfau dort schlug ein riesiges, blaugrün schimmerndes Rad und schritt Aufmerksamkeit heischend auf uns zu. Eitel bis in die letzte Federspitze. Er wollte gesehen, bewundert und beklatscht werden. Und Erdnüsse. Mein Pfauenprofessor führt derweil ein perfektes Experiment vor. Steht ihm gut, das Rad. Ich versuche, das Professorpfauenradbild wieder loszuwerden, klappt aber nicht. Der Professor ist einfach zu gut in dieser Rolle. In jeder Hinsicht. Ich kann ihn mir genau vorstellen, wie er mit rotglühenden Akademikerwangen in seinem Zimmer im Elfenbeinturm der Universität hockt und von genau diesem Augenblick träumt. Kongreßbühne, Bretter, die die Lorbeeren der Wissenschaft bedeuten. Weltmännisch, wirklich kompetent und gut, gefällig, unterhaltsam, perfekt. So selbstverständlich wie Gottschalk „Wetten dass..?" moderiert. Wichtig sein. Und das sind sie, die Götter der Hörsäle, die Helden der modernen Arenen internationaler Kongresse. Jedenfalls für die Länge der Vorträge. Vielleicht einer der Gründe, warum immer überzogen wird (gibt es auch bei „Wetten dass..?"). Der wahre Lohn ist der Applaus. Wie in aller Welt kann ich bloß damit zufrieden sein, im stillen zu arbeiten? Das hier ist das Leben, das wissenschaftliche jedenfalls. Und manches ist unbestreitbar richtig prima, bereichert tatsächlich und bildet weiter. Wenn ich morgen abend wieder auf meinem Sofa in den Armen meines Liebsten sitze, habe ich sicher noch immer Spaß daran. Eine leise Frage schleicht sich allerdings aus den Tiefen meines Unbewußten in mein Bewußtsein: Na, bist du sicher, daß du zufrieden bist? So ohne jede Forschung? So ungesehen in deinem stillen Kämmerlein damit zufrieden zu sein, daß du zwar deine Erfolge hast, sie aber keiner feiert, du sie nicht statistisch evaluieren, auswerten und auf schicken Dias per Mausklick vortragen kannst? Kein Team, dem du Dank huldigen darfst, kein Ruf an eine Uni irgendwo an ein viel wichtigeres Fleckchen der Erde als der Kleinstadt, in der du lebst? Möchtest du dich nicht auch manchmal so richtig wichtig fühlen?

Und wissen Sie was? Ich kann meiner unbewußten Stimme aus tiefstem Herzen sagen, daß ich viel, viel lieber wichtig sein möchte für meine kleine Familie und meine Handvoll Patienten daheim, die sich auf die Termine mit mir freuen. Ja, das will ich, lieber wichtig sein, als mich bloß wichtig fühlen. Ich möchte wichtig sein für das Lächeln meines Mannes und die Freude meiner Kinder, das ist liebevoller Applaus, Glück des Augenblicks. Und ich möchte wichtig sein für meinen Garten, wenn ich wieder eine Ladung Grünbuntes aus dem Pflanzencenter in den Beeten versenkt habe. Üppiges Blühen als stiller Applaus. Ich möchte wichtig sein für den duftenden, gut geratenen Kuchen, der aus dem Ofen lugt. Herrlicher Applaus für die Sinne. Wichtig für die Hunde, wenn ich mit ihnen von einem langen Spaziergang nach Hause komme. Schwanzwedeln als treuer Applaus. Und wichtig sein für die neue Kolumne, die ich unter dem Sonnenschirm getippt habe, einfach des Spaßes wegen. Es gibt soviel mehr, als sich wichtig zu fühlen im Namen der Wissenschaft, wirklich. Trotzdem, ab und zu ein Besuch im Kongreßzirkus, das muß sein. Einfach, weil Fortbilden wichtig ist. So, und jetzt genieße ich noch ein bißchen internationalen Professor mit Pfauenrad.

Lehrerin Ilse Bertelmeier-Vossen: Jeder sieht sie anders

Die Kollegin:

Also, die Ilse, die ist schon eine Liebe! Hat mir doch gestern, als das angefangen hat mit der Grippe, glatt den Unterricht in der 1b abgenommen. Wo die doch immer so quirlig sind. Dabei hat die Ilse es ja auch nicht gerade leicht. Lebt mit dem Eberhard, der schon seit Jahren im Rollstuhl sitzt. Schlimm ist das. Tja, auf sie kann man zählen! Und Rat kann ich mir auch immer bei ihr holen. Ich werd' nie vergessen, wie ich damals, als ich gerade neu war an der Schule und den ersten Elternsprechtag vorbereiten sollte, so eine Angst hatte. Ilse hat mir geholfen, hat sich Zeit genommen, ist mit mir den gesamten Ablauf durchgegangen und hat mir die möglichen Reaktionen der Eltern erklärt. Wie eine Mutter, mit einer unendlichen Geduld. Auf die halt' ich was, auf die Ilse. Schade, daß die Ilse keine Kinder hat, wo die pädagogisch soviel drauf hat. Sie ist doch schon so lange mit dem

Eberhard verheiratet. Ob sie keine Kinder kriegen konnte? Oder er? Na ja, es geht mich eigentlich nichts an, aber ich müßte sie mal fragen. Sie ist ja letztes Jahr fünfzig geworden, da darf man so was, glaube ich. Außerdem darf ich das als Freundin, denn die Ilse ist mit meinen Zwillingen immer so süß, da liegt die Frage ja direkt nahe. Man möchte auch nicht meinen, daß sie zwanzig Jahre älter ist als ich. Sie ist ja eine meiner besten Freundinnen, gibt mir immer so gute Ratschläge und hilft mir. Unbezahlbar, meine liebe Ilse. Jetzt werde ich erst mal meine Grippe auskurieren, und dann lad ich sie zum Essen ein, richtig schön, so zum Dank.

Der Schuldirektor, Liebhaber zu Studienzeiten:

So, die Zeugnisse sind korrigiert, unterschrieben, alles fertig. Die Ilse hat ja mal wieder alles picobello vorbereitet. So war die schon immer, seit die für mich arbeitet. Tut mir ja eigentlich leid, daß alles in ihrem Leben so gekommen ist. Im Studium, da war die Ilse 'ne echte Granate. Wild und verrückt nach Sex. Mann, was hatten wir für eine gute Zeit. Und Studieren war nicht das Wichtigste für die damals, die wollte leben. Konnte mehr trinken als ich. Tja, aber ich wollte ja schon zu der Zeit Karriere machen. Und 'ne Frau mit ein, zwei Kindern dazu, die zu Hause bleibt und mir den Rücken freihält. Das wollte die Ilse damals ganz und gar nicht. Dann kam die Trennung. Und Ilse, hübsch wie sie war mit ihrer großen, schlanken Figur und den langen, goldblonden Haaren, hat nach ihrem Prinzen gesucht. Hat mich damals geärgert, daß sie auf den Geldbeutel von den Kerlen geschielt hat. Eberhard, Sohn aus reichem Hause und Arzt mußte es dann sein. Ob das wohl Liebe war? Kohle hat sie jetzt jedenfalls genug, aber das ist es dann auch schon.

Ich werd nie vergessen, wie sie damals, als der Eberhard seinen Segelunfall hatte und im Krankenhaus lag, zu mir kam, und wir hier in meinem Büro 'ne ganze Flasche Wein gekillt haben. Mann, was hat die geweint. Daß er ein Tyrann sei, der Eberhard, sie und ihren Beruf gar nicht ernst nehmen würde und absolut keine Kinder wolle. Zu der Zeit hat sie dann schon welche gewollt. Aber dann, kaum kam der Eberhard aus dem Krankenhaus, und es war klar, der bleibt querschnittsgelähmt, da kam bei ihr diese Sache mit dem Unterleibskrebs. Operation, Chemotherapie, alle Haare sind ihr ausgefallen. Seither ist sie nicht mehr die Alte, hat zugenommen und trägt ganz kurze, graue Haare jetzt. Ich hab ihr nach der Genesung sofort den Job hier bei mir an der Schule verschafft, die alte Ilse ist sie aber nicht mehr geworden. War aber dennoch ein guter Schachzug von mir, denn eine Frau wie die geht in der Arbeit auf, die macht keine halben Sachen. Das habe ich schon gut eingefädelt, und die Eltern finden sie klasse. Paßt alles.

Der schlechteste Schüler der Klasse 4a, Manuel:

Also, die Frau Bertelmeier-Vossen, was für ein blöder Name aber auch schon, auf die hab ich ja 'nen Hals. Die zieht doch sowieso immer die kleinen, blöden Mädchen vor, diese Zicke. Die ist echt total ungerecht zu mir, nur weil ich nicht gut bin im Lesen und Schreiben und so. Schon die Art, wie die einen anguckt, da weiß man genau, daß die einen nicht mag. Dann hat die immer so einen verkniffenen Zug um den Mund. Da weiß ich genau, au Backe, jetzt hab' ich wieder was verkehrt gemacht.

Wenn die aber die Jule oder die Susanne in der ersten Reihe anguckt, zu denen die immer Julchen und Susannchen sagt, mit so 'nem Lächeln, da hat die echt den Glanz in den Augen. So hat die mich noch nie angeguckt. Niemals. Wär' mir auch ganz schön peinlich.

Trotzdem finde ich das blöd, wenn die so gemein zu mir ist. Wenn wir da zum Beispiel Vier-Ecken-Rechnen machen, was ich nun mal nicht schnell kann, dann guckt die mich überhaupt nicht mal an, dann grinst die nur. So, als würde es ihr gefallen, daß ich da stehen muß. Immer bis zuletzt. Dumme Kuh. Da ist der Sportlehrer Jan Meiner ganz anders. Hat mich neulich gefragt, wie das so ist, bei mir zu Hause. Und hat gesagt, daß er das Scheiße findet, daß Mami mir nicht bei den Hausaufgaben helfen kann, weil Papi doch arbeitslos und dauernd betrunken ist, und Mami geht arbeiten für uns fünf. Da hat der mich ganz lieb angeschaut und versprochen, daß er da mal was machen will. Auf so 'ne Idee kommt die Frau Berteleimer nicht. Die hat noch nie gefragt. Die hat voll ihre Lieblinge, und das war's dann. Deshalb bleib' ich auch hängen, dieses Jahr. Wegen der.

Doktor Eberhard Vossen, ihr Ehemann:

Wär' ja schön, ich hätte jetzt einen frischen Tee, aber die Ilse hat mir wieder keinen vorbereitet. Dabei ist das aus dem Rollstuhl heraus immer so mühsam. Na ja, irgendwie schaff' ich das schon. Möchte nur wissen, wo die überhaupt nur wieder bleibt, heute. Ist schon seit fünfzehn Minuten überfällig. Wahrscheinlich gibt sie wieder einem dieser Analphabeten Nachhilfeunterricht oder einen wohlgemeinten Rat. Ratschläge, wenn ich das schon höre. Lehrer belehren doch sowieso immer alle, ob die wollen oder nicht. Vielleicht hätte ich doch auf meine Mutter hören sollen, damals. Vor der Hochzeit mit Ilse. „Lehrer sind eben nur Halbakademiker", hat sie immer gesagt. Irgendwie stimmt das ja auch. Bei meinen Kollegen, wo zum Beispiel die Frauen auch Ärztinnen sind, da herrscht ein ganz anderes Niveau. Hat aber auch Nachteile. Wäre die Ilse klüger, würd' sie meine Affäre mit der Schwester Anneliese vom Pflegedienst vielleicht doch rauskriegen. Ich sitz zwar im Rollstuhl, aber anatomisch ist da schon noch was möglich. Das ahnt sie nur nicht, weil ihr Sex gar nichts bedeutet, der Ilse.

Na ja, und nach den Operationen ist das ja nun auch wieder verständlich. Ich darf ja auch nicht ungerecht sein, sie hat ja auch das Ihre erlebt, und wir zwei kommen ja auch ganz gut klar, aber ohne die Annliese, ich weiß nicht. Ohne die könnte ich nicht mehr leben. Das weiß ich. Ich muß nur der Ilse das Gefühl geben, daß sie sich um mich kümmern muß, dann hat die ihre Aufgabe und alle sind glücklich. Ist eigentlich eine ganz praktische Lösung so, finde ich.

Der Tag, an dem meine Tante Grete starb

Es gibt Tage, da liegt das traurige gleich neben dem lustigen, fröhlichen Leben. Heute ist so ein Tag. Er hat sich erst am Nachmittag verändert. Gerade noch bin ich fröhlich durch den herrlich maigrünen Wald gejoggt, stolz, daß es sich so gut läuft. Ich habe nichts gewußt von dem leisen, kurzen Todeskampf meiner Tante im Krankenhaus in Wolfenbüttel. Sie hatte diese schreckliche Erkältung, Bronchitis. Der Arzt hatte festgestellt, daß sie so gut wie keine roten Blutkörperchen mehr hatte, aber vor der Transfusion ist sie eingeschlafen.

Vorgestern habe ich noch lange mit ihr telefoniert, das empfinde ich als ein großes Geschenk. Es war ein langes, sehr ehrliches Telefonat, bei dem sie mir von früher erzählt hat, ihren Enttäuschungen und ihren schönen Momenten, von der Zeit mit ihrem Mann und warum sie keine Kinder bekommen hat. Wir beide haben keine Kinder. Bei ihr ist der Krieg dazwischen gekommen, sagt sie. Wer weiß. Und daß ich das Schreiben von ihrem Vater habe, der habe für die Zeitung im Lokalteil geschrieben und mir sein Talent mit auf den Weg in die Welt gegeben, meint sie. Ich fühle mich ihr so verbunden, so seelenverwandt. Der Mut, den sie hatte, ihre Art, ihre Ehrlichkeit mir gegenüber. Sie war der Rebell, hatte den Mut, ihren eigenen Weg zu gehen. Sie war die Verbündete meiner Studienjahre und die Vertraute meiner Ehezeit. Sie hatte den Akademiker geheiratet, „das Arschloch", mein Mann ist auch Akademiker, ich auch ...

Ich bin so unendlich dankbar für das Telefonat, ihre letzten Worte an mich, in denen sie versucht hat, ihre Erfahrungen an mich weiterzugeben. Sie war ein toller Mensch, und ihre Stärke wird in meiner Seele weiterleben.

Sie hat mir mal einen Porzellanelefanten geschenkt, an einem Tag, an dem ein Regenbogen über Wolfenbüttel stand. Und sie hat gesagt, du wirst immer Glück haben, mein Kind! Genauso ist es bisher gekommen.

Adieu, Tante Grete, ich liebe dich.

Niemals wieder wie Minna ...

Luisa bestellte sich noch einen zweiten Milchkaffee. Es war herrlich, im Straßencafé an der Promenade in der Frühlingssonne zu sitzen, nichts tun zu müssen und einfach den herumtollenden Kindern unten am Strand zusehen zu können. Sie seufzte glücklich. Es war eine hervorragende Idee gewesen, für zehn Tage aus der Hektik des Großstadtlebens auszubrechen und an die französische Küste zu reisen. Vor allem nach der Trennung von Martin, die ihr noch in den Knochen hing. Bisher war ihr nicht allzuviel Zeit geblieben, sich damit auseinanderzusetzen, ihr ungeliebter Job als Pharmareferentin forderte sie voll und ganz. Wenigstens verdiente sie gut, aber selbst das konnte sie auf Dauer nicht zufriedenstellen.

Sie nahm einen großen Schluck Milchkaffee, der angenehm sahnig die Kehle hinunterlief. Luisas Blick wanderte zum Strand und zu den dort spielenden Kindern. In diesem Augenblick gesellte sich ein ungefähr sechsjähriges Mädchen mit langen blonden Haaren zu der Gruppe. Neben der

Kleinen lief ein schwarzweißer Mischlingshund mit wuscheligem Fell.

Luisa stockte der Atem. Dieses kleine Mädchen hätte sie selber sein können, vor ungefähr dreißig Jahren. Und der Hund sah aus wie Minna, ihre geliebte Minna, der Hund von Opa und Oma, auf deren Bauernhof an der Küste, wo sie immer die Ferien verbracht hatte. Während sie das Kind und den Hund beobachtete, kehrte die Erinnerung an ihr schönstes und zugleich schrecklichstes Erlebnis von damals wie von selbst zurück.

Luisa war gerade sieben Jahre alt geworden, und die Eltern hatten sie wie üblich in den Ferien zu Oma und Opa gebracht. Nachdem sie ihre Großeltern zur Begrüßung so fest und lange wie nur möglich gedrückt hatte, war wie stets die wichtigste Frage gekommen.

„Wo ist bitte Minna?"

Und Omi hatte lächelnd den Opa angesehen.

„Oh, ich denke, sie ist in deinem Gästezimmer unterm Dach und wartet auf dich, wie immer zu Beginn deiner Ferien", hatte Omi ihr dann augenzwinkernd geantwortet.

Und die kleine Luisa war die Treppe hinaufgeflitzt so schnell sie nur konnte. Ihr Herz hatte wie wild vor Vorfreude auf Minna geklopft. Minna, die kluge Border-Collie-Hündin mit dem samtweichen, schwarzweißen Wuschelfell und den braunen Hundeaugen. Minna war genauso alt wie Luisa. Sie waren miteinander großgeworden, nur daß das bei

Minna deutlich schneller gegangen war als bei Luisa. Luisa arbeitete noch immer am groß werden, und sie hatte sich in diesem Jahr schon mächtig groß gefunden. Schließlich war sie mittlerweile ein Schulkind geworden.

Als sie die Tür zu ihrem Ferienzimmer geöffnet hatte, hatte Minna in gespannter Vorfreude flach auf Luisas Bett gelegen. Ihr Schwanz hatte wie wild auf die Steppdecke geklopft, und sie hatte wie immer auf Luisas Zeichen gewartet. „Ja, wo ist denn meine Freundin?" Luisa hatte sich niedergekniet. Das war das Zeichen. Wie ein geölter schwarzweißer Blitz war Minna vom Bett geschossen und hatte sich direkt in Luisas Arme gestürzt. Sie hatte sie unter lautem Freudengeheul von oben bis unten abgeschleckt. Oma und Opa, die hinter Luisa die Treppe heraufgekommen waren, hatten stets ihre Freude an der Szene gehabt. Erst nachdem Minna sich beruhigt hatte, war ein Start in den herrlichen Ferienalltag möglich gewesen.

In jenem Sommer war Luisa dieser beinahe verhängnisvolle Fehler unterlaufen. Sie hatte die Flut an der Küste und die Kraft des Wassers unterschätzt. Sie war an einem herrlichen Sommermorgen gemeinsam mit Minna zu einer Wanderung am Strand aufgebrochen.

„Luisa, bitte sei spätestens in zwei Stunden zurück, ja? Und denk an die Flut", hatte Oma noch gesagt. „Ich will den Käsekuchen backen, den du so gern hast, und wenn du in zwei Stunden zum

Kaffee zurück bist, kannst du gleich ein riesiges Stück davon vertilgen. Ist das in Ordnung?"

„Na aber klar, Omi, das ist klasse", hatte Luisa geantwortet. Dann war sie mit Minna zum Strand gelaufen, wo die beiden Muscheln und Stöckchen gesucht hatten. Sie hatten einen flachen Priel durchqueren müssen, was bei Ebbe kein Problem gewesen war. Minna hatte es geliebt, von Luisa Stöckchen geworfen zu bekommen und hatte sie stets mit ihrer kalten Hundenase angestupst, wenn Luisa einmal ein besonders gutes Stöckchen übersehen hatte. Irgendwie war Luisa dann doch so in das Sammeln der allerschönsten Muscheln vertieft gewesen, daß sie glatt die Zeit vergessen hatte. Später als geplant waren sie an den Priel zurückgekehrt. Die einsetzende Flut hatte die ehemals schmale Wasserrinne bereits in einen breiten, schnell fließenden Fluß verwandelt. Kaum war Luisa arglos hineingestapft, als sie auch schon bis zur Hüfte versunken war. Noch schlimmer als der hohe Wasserstand war allerdings die reißende Strömung gewesen, die sie sofort in Richtung des offenen Meeres gezogen hatte.

Luisa hätte alleine niemals eine Chance gegen die Kraft des Wassers gehabt. Als sie den Boden unter den Füßen verloren hatte, war sie sofort in Panik geraten, hatte Wasser geschluckt und entsetzt zu husten und zu schreien begonnen „Minna, Minna, hilf mir", hatte sie in Todesangst gerufen. Und Minna war sofort in die Fluten gesprungen.

Zunächst hatte es so ausgesehen, als würde sie von Luisa fort getrieben, aber die Hündin hatte sich tapfer bis zu ihr vorgekämpft. Zitternd vor Angst und Kälte hatte Luisa wenig später gespürt, wie Minnas Zähne ihren Pullover gepackt hielten und sie langsam in Richtung der anderen Seite gezerrt wurde. Luisa hatte Minna so gut sie konnte geholfen. Trotzdem hatte es eine Ewigkeit gedauert, bis die zwei endlich die andere Seite des mittlerweile noch stärker angeschwollenen Priels erreicht hatten.

„Oh, Minna", hatte Luisa in das tropfnasse Fell des schwer atmenden Tieres geweint, als sie beide auf dem trockenen Sand gelegen hatten, „Minna, du hast mir das Leben gerettet. Das vergesse ich dir nie, nie, niemals."

Minna lag winselnd auf der Seite und war unfähig, aufzustehen. Sie hatte sich bei der Rettungsaktion vollkommen verausgabt. Luisa hatte nur hilflos weinen und ihre treue Freundin streicheln können, als sie aus der Ferne die Stimmen von Oma und Opa gehört hatte, die verzweifelt nach den beiden gerufen hatten. Luisa war mit letzter Kraft aufgestanden und hatte die zwei zu sich gewunken, danach hatte sie sich an nichts mehr erinnern können.

Irgendwann war sie dann in ihrem warmen, weichen Ferienkindergästezimmer aufgewacht. Neben ihr hatte Minna gelegen, wie ein Mensch, den Kopf auf ihrem Kopfkissen, direkt vor Luisas Gesicht, den Körper unter der Decke eng an Luisa geschmiegt. Und das, obwohl es Minna bis dahin strikt verboten gewesen war, überhaupt im Bett zu liegen. Luisa hatte in die braunen Hundeaugen geschaut, ihre treue Freundin umarmt und geküßt. Erst danach hatte sie wahrgenommen, daß die Großeltern an ihrem Bett gesessen hatten, mit Tränen in den Augen. „Omi, Opi", hatte sie leise gesagt, „Minna hat mir das Leben gerettet. Sie ist der tollste Hund der Welt." Und Omi hatte angefangen zu weinen und Opi hatte sich die Nase geputzt.

„Können wir Minna heute nicht ein großes Steak braten? Ich glaube, sie braucht das", hatte Luisa noch gesagt, ehe sie vor Erschöpfung wieder eingeschlafen war. Am Abend hatte Omi dann für alle riesige Steaks gebraten, und Minna hatte das allergrößte bekommen.

Von da an hatte Minna jede Nacht, die Luisa bei den Großeltern verbracht hatte, neben ihr im Bett geschlafen.

Die Geräusche der am Strand spielenden Kinder drangen auf einmal wieder in Luisas Bewußtsein. Sie suchte nach einem Taschentuch. Wie albern! Noch immer trieben ihr diese Erinnerungen die Tränen in die Augen. Während sie in die warme Frühlingssonne blinzelte und um ihre Fassung rang, wußte sie auf einmal, was sie nun zu tun hatte. Sie würde ihren freudlosen Job in der Großstadt kündigen, aufs Land ziehen und ein kleines Hotel eröffnen. So wie sie es sich immer erträumt hatte. Geld war genug vorhanden. Sie brauchte die Trennung von Martin gar nicht zu verarbeiten, sie mußte sich nur eine neue Zukunft schaffen. Und einen Hund kaufen. Einen eigenen kleinen schwarzweißen Hund mit wuscheligem Fell und braunen Augen, auch wenn es niemals wieder einen Hund wie Minna geben würde. Niemals wieder wie Minna.

Marens Farben

Heute war mein vierundzwanzigster Geburtstag. Wie so oft, seit Baby Jenny auf der Welt war, hatte ich nachts kaum geschlafen. Hätte mich jemand gefragt, ob ich das kleine Bündel wieder zurückgeben wollen würde, ich hätte ja gesagt, heute nacht. Und sie war erst einen Monat alt. Worauf hatte ich mich da bloß eingelassen. Mein Manuel arbeitete ständig in der Werkstatt, war nun mal Mechanikermeister aus Leidenschaft. Ich stand auf und schlurfte in die Küche. Meine Güte, nie hätte ich mir eine solche Müdigkeit vorstellen können. Erst mal Kaffee aufsetzten. Wenigsten schlief Jenny morgens länger, so daß mir ein, manchmal zwei ruhige Stunden vergönnt waren. Mit der tröstlich warmen Kaffeetasse in der Hand ging ich in den kleinen Raum neben der Küche. Eigentlich ein Abstellraum, für mich aber der wichtigste Raum in der Wohnung, da ich hier ungestört malen konnte. Mein Abstellraumatelier.

Bei meinem letzten Ausflug an Jennys Bett heute früh hatte ich das Bild, an dem ich gerade arbeitete, ein wenig verbessert, weil ich nicht wieder einschlafen konnte. Als ich eintrat, fiel mein Blick auf das bunte, wirre Werk und nahm mir beinahe die Luft zum Atmen. Ich zog einen Küchenstuhl heran und sank darauf, den Blick fest auf das ölfarbene Chaos vor meinen Augen geheftet.

Auf einmal verstand ich, was mein Mallehrer Jacques mir letzte Woche dazu gesagt hatte. Dieses Bild war tatsächlich das Abbild meines bisherigen Lebens. Er hatte recht, aber ich hatte es bisher einfach nicht erkannt. Schöne bunte Farben, die scheinbar heile Welt meiner Kindheit, viel tizianroter Schimmer in Goldblond wie in meinen langen Haaren. Einziges Mädchen, geliebte Prinzessin. Hübsch war ich damals, das ist auch so geblieben.

„Aber die Leere zwischen den Farben, da ist etwas, das dich tief verletzt hat, Maren", hatte Jacques gesagt. Oh, Jacques, wie soll sich ein Teenager fühlen, wenn mit vierzehn die Mutter stirbt. Ich vermisse sie heute noch, sie würde mir so gut tun. Wegen Jenny. Und für mich als Freundin. Kein Wunder, daß ich das in dem Bild ausdrücke, irgendwie, mit dieser Leere, die du wahrnimmst.

„Und dann diese Striche da, diese wirren Linien, nein, nein, da ist keine klare Perspektive drin", hatte Jacques gesagt. Als Mami tot war, hatte ich ja auch keine Perspektive gehabt, damals. Habe mich als Mannequin versucht, als Schauspielerin, eine kurze erste Ehe geführt und mich wieder scheiden lassen. Erst seit zwei Jahren ging es mir doch wieder relativ gut, seit ich es gewagt hatte, wieder in meinen Heimatort Bad Tölz zurückzuziehen. Und Manuel geheiratet hatte. Er sagte mir jeden Tag, wie sehr er mich liebte, wie schön ich für ihn war, aber viel wichtiger, er hatte mir die Leere in meinem Leben genommen, sie gefüllt mit all dem, wonach ich die letzten Jahre gesucht hatte.

All das in diesem einen Bild. Ich spürte meine Tränen, die in warmen Rinnsalen meine Wangen herabliefen, und ihr salziger Geschmack mischte sich mit dem des Milchkaffees in meinen Händen.

Oh, Mami, seit genau zehn Jahren bist du tot, und ich habe es bisher nie beweinen können. Heute kann ich den Schmerz tief in der Brust spüren, der wie ein harter Kloß aus Stein auf mein Herz drückt. Ungnädiger, hartnäckiger Schmerz, nie geweinte Tränen und meine Angst vor dem Leben ohne Mami. All das in diesem bunt chaotischen Bild.

Ich hatte nicht erwartet, daß es mich gerade an meinem Geburtstag so erwischen würde, aber ich mußte mir eingestehen, daß es gut tat. Heute genau vor vierundzwanzig Jahren hatte sie mich geboren. Letzte Woche noch hatte ich lächelnd abgetan, daß Jacques mich verletzliche Schönheit nannte, die auf sich aufpassen sollte.

Heute hatte ich Jenny und Manuel und Boden unter den Füßen. Und ein bißchen mich selber gefunden. Vielleicht hatte Mami mir das sagen wollen. Auf ihre Art gratulieren und mich erinnern, hey, gib ein wenig mehr auf dich acht. Ich wollte es einfach gerne glauben. Sie würde schon auf mich aufpassen, das hatte sie doch immer getan, nicht wahr?

Als ich aufstand, freute ich mich darauf, mein Baby in die Arme zu nehmen. Ich war älter geworden heute. Und reifer. Angekommen.

Danke Mami.

Sylvester

Noch zehn Minuten bis die Raketen und Böller das neue Jahr begrüßen würden. Zehn Minuten, um sich vom alten Jahr zu verabschieden. Grit schnappte sich ein Glas Champagner und lief zu den Freundinnen, die schon ans Fenster gegangen waren. Ihr Blick glitt über die zahlreichen, festlich gekleideten Menschen und den hübsch geschmückten Raum des noblen Münchner Innenstadthotels. Riesige Blumenarrangements mit lustigen kleinen Glücksschweinchen und Schornsteinfegern aus Pappe waren auf den Tischen verteilt. Reste des köstlichen Buffets klebten auf Tellern aus reinweißem Hotelporzellan, die von eilfertigen Kellnern abgetragen wurden. Wie unterschiedlich die Menschen doch waren, die sich hier versammelt hatten. Jedes Gesicht, das Grit betrachtete, hatte eine eigene Geschichte. Jeder Mensch seine eigenen Gedanken, Erkenntnisse und Sehnsüchte. Gedankenverloren betrachtete sie die Feiernden um sich herum. Ältere Gesichter und jüngere, es war eine bunte Mischung. Ernste Blicke und fröhliches Gelächter. Doch halt!

Plötzlich war da dieses eine Gesicht, es tauchte unvermittelt aus der Masse auf. Ein besonderes Gesicht. Ganz besonders für sie und ihre eigene Lebensgeschichte. Ihr Puls schoß geradewegs nach oben. Ihr Herz raste. War er es oder nicht? Da genau in diesem Augenblick das Licht im Saal gedämpft wurde, um der feiernden Gesellschaft den Blick über die nächtliche Münchner Stadtlandschaft und das mit Spannung erwartete Feuerwerk zu ermöglichen, schaffte sie es nicht, ihn im Blick zu halten.

„Grit, es geht gleich los." Die Stimmen der Freundinnen erreichten sie wie aus der Ferne. Sie starrte in die Richtung, wo sie ihn gerade gesehen haben wollte. Nichts. So sehr sie sich auch bemühte. Rein gar nichts. Da! Nein, wieder nichts. Vielleicht doch einfach eine Täuschung. Mit diesen Gedanken fiel ihre Stimmung so schnell nach unten wie sie gerade noch erwartungsvoll nach oben gesaust war. Das plötzlich einsetzende Feuerwerk, das von unzähligen Ahs und Ohs begleitet wurde, gab der Szene etwas Unwirkliches. Alle Menschen sahen nach draußen, nur Grit durchsuchte mit ihren Augen den Raum nach diesem einen Gesicht. Die Menschen tauchten ein in das Rot, Blau, Grün und Gold der emporzischenden Raketen. Da, doch da! Oder? Ja! Ja, dort hinten stand er tatsächlich. Fast schien es ihr, als durchzucke eine der Raketen ihr Herz. Es gab keinen Zweifel. Gut fünfzehn Meter von ihr entfernt stand Michael. Michael Wessler, ihre erste große

Liebe aus der Schulzeit. Michael, der noch immer seinen Platz in ihrem Herzen hatte. Auch heute, mit fünfundzwanzig Jahren noch. Obwohl sie einander doch sechs Jahre nicht gesehen hatten und sie mittlerweile kurz vor dem Abschluß ihres Studiums stand.

Damals, nach dem Abitur war sie gleich zur Uni gegangen, er in den Betrieb des Vaters. Sie war so überheblich gewesen damals. Hatte gedacht, es gäbe sicher noch etwas Besseres, Aufregenderes als den stillen Michael. In Gedanken war sie beinahe schon Ärztin gewesen zu Beginn ihres ersten Semesters. Hatte sich einfach so von ihm getrennt. In das Licht der Raketen, die am tiefschwarzen Himmel explodierten, mischten sich für Sekundenbruchteile Bilder der gemeinsamen Vergangenheit. Michael und sie beim Lernen für den Englischleistungskurs und das Abi. Beim Diskutieren über politische Themen in der Skihütte seines Vaters im Winter. Auf dem Weg zur Schule, als er sie mit seinem Fahrrad abgeholt hatte. Wie oft waren sie im Sommer nach der Schule über die Wiesen und Felder ihres kleinen Heimatortes vor den Toren von München geradelt. Der erste zarte Kuß im Frühling unter dem blühenden Apfelbaum. Die leidenschaftliche Liebe im Sommer, versteckt hinter hohen Hecken. Siebzehn Jahre. Es sollte für immer halten. Der liebvolle Blick, mit dem er sie oft angesehen hatte, tauchte für einen Augenblick in dem Goldregen auf, der den Nachthimmel erhellte. Der Moment, als er nach ihrem Fahrradunfall im Krankenhaus aufgetaucht war. Michael. Sie hatte ihn so geliebt. Sie liebte ihn immer noch. Es konnte kein Zufall sein, daß sie sich heute hier trafen. Sie mußte es ihm einfach sagen. Ihm sagen, daß sie einen Fehler gemacht hatte. Es hatte nur ein, zwei unbedeutende Affären gegeben nach ihm. Und er hatte doch gesagt, er würde auf sie warten, sie wäre seine ganz große Liebe.

Ein roter Stern explodierte krachend über der Stadt. Entschlossen drängte sie sich durch die feiernde Menge. Als das Licht im Saal wieder ein wenig heller wurde, stand sie vor ihm. Das Herz klopfte ihr bis zum Hals, das Blut schoß durch ihre Adern. Nur jetzt nicht den Kopf verlieren. Ruhig bleiben, wenigstens äußerlich.

„Hallo Michael, ein frohes neues Jahr wünsche ich dir."

„Na, hallo, was ist denn das für eine Überraschung! Grit. Grit Gerharts. Ich wünsche dir auch ein frohes neues Jahr. Wie geht es dir denn so, was machst du?" Er hauchte ihr einen flüchtigen Kuß auf die Wange. Noch immer das gleiche Aftershave. Mein Gott, was würde sie dafür geben, jetzt sofort in seine Arme zu sinken. Cool bleiben, nur irgendwie cool bleiben.

„Oh, mir geht's ganz gut, im nächsten Jahr, äh, ich meine in diesem Jahr mache ich Examen. Und dir, wie geht es dir?" Grit versuchte, beiläufig zu klingen, nur ihre zitternde Hand verriet die Nervosität.

„Mir geht es prima. Ich habe ja Vaters Betrieb übernommen und nebenbei Betriebswirtschaft studiert. Wir haben tüchtig expandiert. Sind jetzt auch in Amerika und Japan vertreten, stell dir vor. Warte, ich möchte dir jemanden vorstellen." Mit diesen Worten zog er eine zierliche Blondine liebevoll am Arm zu sich heran, die Grits Schwester hätte sein können.

„Das ist Britta, meine Frau. Britta, das ist Grit, meine alte Schulfreundin aus Kinderzeiten." Michael lachte. Wie damals. Grit reichte seiner Frau die Hand und lächelte. Mechanisch. Meine alte Freundin aus Kinderzeiten. Ein Mantel aus eiskaltem Stahl legte sich um ihr Herz. Kälte kroch ihr die Beine empor.

„Ein frohes neues Jahr euch beiden", mehr bekam sie nicht heraus.

Für immer zu spät. „Exitus, Frau Doktor Gerharts, es war Ihr Fehler. Es gibt keine zweite Chance. Pech halt", die Stimme, die plötzlich in ihrem Kopf auftauchte, lachte hämisch auf.

Wer weiß schon, wo wir nachts sind ...

Schließlich beruhigte er sich, Ursula erfuhr, was sich dort drinnen ereignet hatte.

„Schatz, ich bin also in das Haus. Der Mann, der mir da aufgemacht hatte, trug eine weiße Schürze. Ungefähr so eine, wie Schlachter sie tragen, weißt du?"

„Ja, klar. Erzähl weiter".

„Und diese Schürze war voller Blut."

„Was?"

„Ja, aber das war ja nicht das Schlimmste. Am Tisch, am Tisch da, mein Gott, ich kann es kaum erzählen ..."

„Nun mach schon, spann mich nicht so auf die Folter." Ursula packte den Arm ihres Mannes und schüttelte ihn heftig.

„Das Schlimmste war der Tiger, aber die Pitbullterrier haben mich auch entsetzt, ehrlich."

„Was? Tiger, Pitbullterrier? Kannst du denn nicht der Reihe nach erzählen? Ich war doch nicht mit in dem verdammten Haus."

„Ja, ja, stimmt ja. Hast recht. Also, als ich da reinkam, da gab es nur diesen riesigen Raum mit dem langen Tisch. An dem saßen sie. Sie saßen alle an diesem Tisch und hatten blutbeschmierte Lätzchen um. So weiße Lätzchen. Und auf den Lätzchen und der Schürze von dem Mann war Blut." Günter lachte hysterisch auf.

„Du machst mich noch wahnsinnig. Wer in aller Welt saß denn da am Tisch? Ich finde das gar nicht komisch, glaub mir!"

„Ich reiß mich ja schon zusammen. Übrigens hat er uns eine Taxe gerufen, der Schlachter. Müßte jeden Moment da sein. Am Tisch, mal sehen, ob ich sie der Reihe nach erinnere, am Tisch saßen von rechts nach links der Tiger, zwei Rottweiler und die beiden Pitbullterrier, ein Panther und, ich glaube, ein, nein, es waren zwei Pumas. Und drei Dobermänner. Genau. Und alle hatten große Fleischbrocken vor sich auf den Tellern, und der Tiger hat gesagt, toll, da kommt Nachschub; da bin ich gelaufen. Alle haben mich ausgelacht, aber ich hatte einfach Angst in dem Moment."

Stille.

Ursula sog die Luft geräuschvoll durch die Nase ein. Genau in diesem Augenblick näherten sich Scheinwerfer. Das Taxi. Endlich. Es hatte den Weg durch die dünnbesiedelte Gegend zu ihnen gefunden. Ursula sprang zu dem Wagen und erklärte dem Fahrer, wohin sie müßten.

Gegen drei Uhr in der Nacht war es ruhig in der Notaufnahme des städtischen Krankenhauses. Ursula schilderte dem diensthabenden Arzt den Vorfall. Günter kam auf eine Station, wo man die Tür hinter ihnen zusperrte. Er durfte seine Geschichte noch einmal erzählen. Der ältere, bärtige Arzt hörte ihm aufmerksam zu. Ursula bestätigte, daß er die Geschichte beim ersten Mal genauso erzählt habe. Nur mußte er dieses Mal noch früher lachen. Wieder unpassend. Der Arzt erklärte Günter, daß er heute nacht hier schlafen könne und ließ ihm sein Zimmer zeigen. Er bat Ursula, noch einen Augenblick zu bleiben.

„Tja, Frau Weiding, es sieht so aus, als ob ihr Mann eine psychotische Phase durchmacht. Wir werden ihn einige Tage hierbehalten müssen, um alle Untersuchungen durchzuführen. Hatte er früher schon einmal eine solche Episode oder irgendeine andere Geisteskrankheit?" Fragend wandte er sich Ursula zu, die den Tränen nahe war.

„Nein, nicht daß ich wüßte. Es ist noch niemals vorgekommen, Herr Doktor."

„In Ordnung. Sie können dann jetzt eigentlich nach Hause fahren. Ruhen Sie sich etwas aus, das alles ist sehr anstrengend, nicht wahr?" Er lächelte ihr aufmunternd zu.

„Ja, da haben Sie wohl recht. Danke Ihnen. Ich komme morgen wieder."

Ursula lief den Flur entlang und sah am Ende des Ganges eine kleine Gruppe Menschen in der Sitzecke, die sich gegenseitig etwas zu erzählen schienen. Ab und zu lachten sie laut und hysterisch auf. Günter saß mitten unter ihnen. Ursula lief ein kalter Schauer den Rücken hinunter. Nie zuvor war sie auf einer psychiatrischen Station gewesen. Jetzt saß ihr Günter, der Mann, den sie zu kennen glaubte wie ihre eigene Westentasche, auf einer solchen Station und schien sich pudelwohl zu fühlen. Sie näherte sich zögerlich. Er entdeckte sie sofort.

„Ursula, komm schnell, hier sind ganz tolle Leute! Da lachst du dich schlapp." Hektisch winkte er sie herbei. Neben Günter saß eine kleine Dame, die ihrem Äußeren nach ungefähr sechzig Jahre alt sein mochte. Sie wiegte sich ständig hin und her, so daß es einem schon beim Zusehen schwindelig werden konnte. Sie kicherte ununterbrochen. Plötzlich sah sie Ursula an.

„Ich möchte auch zu dem Haus mit den vielen Tieren. Ich hab Tiere so gerne. Fährst du mich hin?" Ihre schmalen, wachen Augen betrachteten Ursula neugierig. Sie wirkte beinahe wie ein Kind. Genauso unvermittelt, wie sie begonnen hatte zu reden, wandte sie sich wieder ab und kicherte weiter. Ursula stockte der Atem. Sie spürte, daß sie am ganzen Körper leise zitterte.

Neben der Frau saß ein junger Mann, der in beiden Händen das Ende eines unsichtbaren Fadens zu halten schien. Wie ein Pantomime im Zirkus, durchfuhr es Ursula. Er zappelte ständig mit den

Füßen hin und her, bewegte seine Hände aber nicht einen Millimeter. Als er bemerkte, daß er beobachtet wurde, drehte er seine Augen in ihre Richtung, den Kopf drehte er erst, als seine Augen nicht mehr weiter kamen.

„Sie dürfen meinen Faden auch mal halten, wenn Sie möchten. Hat er nicht eine schöne Farbe? Wenn Sie den aber kaputtmachen, muß ich Sie kaputtmachen. Ist so, kann ich nicht gegen an. Ist so. Kaputtmachen. Geht nicht anders. Ist eben mein Faden, ist so." Seine Stimme verlor sich im Gelächter der übrigen. Er wandte wieder zunächst die Augen und dann den Kopf der Gruppe zu.

Ursula fröstelte. Das Zittern nahm zu. Ein kaltes Zittern. Angst. Sie wollte bloß noch weg. Weg von diesem Ort, weg aus dem Krankenhaus und nach Hause. Günter schien sie eh kaum noch wahrzunehmen. Er lachte und erzählte. Sie ging an der Gruppe vorbei, erst langsam, dann schneller. Die Absätze ihrer leichten Sommerschuhe klackten auf dem glatt gebohnerten Linoleum. An der Stationstür mußte sie auf die Schwester warten, die ihr aufschloß. Zitternd. Nach weiteren zwei Minuten war sie an der Ausgangstür. Draußen. Tief atmete sie die würzige Luft ein. Der dunkle Sommerhimmel umhüllte sie wie eine warme Decke. Plötzlich ertönte dieses Schellen, ein Läuten, das ihr bekannt vorkam. Sie blinzelte verwirrt. Ein Wekker. Ihr Wecker. Ihr Wecker? Ein Traum! Es war alles nur ein Traum gewesen. Schlaftrunken und völlig verwirrt tastete sie nach Günter. Er war da. Neben ihr. Im Bett. Nicht in irgendeinem Krankenhaus. Sie hob seine Decke und kuschelte sich an seinen schlafwarmen Körper. Ein Traum, es war alles nur ein Traum gewesen. Unglaublich.

„Liebling, ich muß dir gleich beim Kaffee unbedingt meinen Traum erzählen. Erinnere mich, ja? Es war furchtbar. Und so echt. Ich hätte schwören können, wir waren dort. Ist verrückt...“, flüsterte sie leise und schmiegte sich eng an ihn.

„Wer weiß schon, wo wir nachts sind, Liebling. Das kann doch niemand so genau sagen, oder?“ antwortete Günter murmelnd und legte den Arm um sie. Der Sommermorgen wehte eine leichte Brise durch die Gardinen in ihr Schlafzimmer. Wer weiß schon, wo wir nachts sind, dachte sie lächelnd, als sie für ein paar glückliche Minuten noch einmal die Augen schloß. Wer weiß schon.

Held wider Willen

Feddersen lebte ein ausgesprochen wohlgeordnetes Leben. Er lebte nach der Uhr. Er stand jeden Morgen um die gleiche Zeit auf, kam um die gleiche Zeit in sein Büro, aß um die gleiche Zeit zu Mittag und ging um die gleiche Zeit schlafen. Bis zu diesem Donnerstag im November. Bis dahin hatte er nicht geahnt, daß er gar nicht anders konnte, als wohlgeordnet zu leben. Er hatte es nicht einmal ansatzweise vermutet. Und daß man damit zum Held werden konnte, hatte er erst recht nicht für möglich gehalten. Er lebte einfach dieses wohlgeordnete Leben und liebte es. Er liebte es genauso, wie er seinen Beruf als Bilanzbuchhalter liebte, den er penibelst ausführte. So einfach war das. Wohlgeordnet eben. Sein Hausarzt hatte ihm zwar schon oft gesagt, Feddersen, Sie müssen da mal was machen. Da stimmt was nicht. Aber was sollte da schon nicht stimmen? Feddersen ging es doch gut in seinem wohlgeordneten Leben.

Auch an diesem Donnerstag im November. Feddersen machte pünktlich wie immer Schluß und stieg mit Mantel, Hut und Regenschirm in den Bus. Wie an jedem Abend. Er grüßte den Fahrer, setzte sich auf den Platz, auf dem er immer saß und begann, seine Zeitung zu lesen. Den Regenschirm, einen kleinen, schwarzen Knirps, legte er beinahe liebevoll neben sich auf den Sitz. Er war das letzte Geschenk seiner Mutter vor ihrem Tod an ihn, und Feddersen hatte ihn stets bei sich. Auch wenn er ihn noch nie benutzt hatte. Es war ein schöner, festzusammengerollter, schwarzer Knirps. Bald war er der einzige Fahrgast im Bus.

Zwei Haltestellen weiter, Feddersen war wie üblich gerade beim Sportteil angelangt, stürzte mit lautem Getöse ein maskierter, bewaffneter Fremder in den Bus. „Los, Alter, gib Gas, du fährst jetzt da lang wo ich es dir sage, ist das klar, Mann? Und keine Mätzchen, sonst knallt es! Das gilt auch für dich da hinten, Männeken." Damit hielt er dem zitternden Fahrer eine Pistole an den Kopf. Dieser tat, was von ihm verlangt wurde und änderte die Fahrtroute. Feddersen wurde unruhig. Konnte das sein? Nach all den Jahren? Eine andere Route? Das ging einfach nicht. Dies war die Linie 60 und er wußte, wie und wo die zu fahren hatte. Das ging einfach nicht anders. Während der Bus nun fremde Straßen durchfuhr, wurde Feddersen von Sekunde zu Sekunde unruhiger. Eine unglaubliche Wut stieg in ihm auf. So etwas ging doch nicht! Das konnte er nicht zulassen. Je weiter sie fuhren, desto stärker wurde Feddersens Drang, wieder Ordnung herzustellen. Er mußte es einfach tun. Ganz plötzlich stand er auf und sprang mit einer nie geahnten Schnelligkeit nach vorne. Ehe der maskierte Räuber sich auch nur umdrehen konnte, sauste der kleine schwarze Regenschirm auf ihn nieder und schlug ihn zu Boden. Der Übeltäter war sofort bewußtlos, und der Busfahrer reagierte sofort. Er stoppte den Bus, griff zum Telefon und alarmierte die Polizei, die Sekunden später mit Blaulicht herangerast kam. Alle klopften Feddersen auf die Schulter. Dieser war noch immer verwirrt.

„So", stammelte er, „jetzt können Sie bitte wieder die Route der Buslinie 60 fahren. So geht das doch nicht. Muß doch alles seine Ordnung haben. Außerdem möchte ich nach Hause. Ich bin viel zu spät dran. Alles ist aus der Ordnung, nur die, die möchte ich jetzt bitte zurückhaben. Wenn es keine Mühe macht."

Der Notarzt, der im Krankenwagen dem Polizeiwagen gefolgt war, lächelte.

„Nur für die Akte, Herr Wachtmeister. Unser Held klingt verdächtig nach einer zwanghaften Persönlichkeitsstörung, der hat das gar nicht ertragen, anders zu fahren als sonst. Den bringen wir besser ganz schnell nach Hause. Der Ordnung wegen, sonst beruhigt der sich nie."

Es brauchte einige Tage, bis Feddersen seinen Rhythmus wiedergefunden hatte. Die lästigen Zeitungsberichte hatte er gar nicht beachtet und die Journalisten vor seiner Tür abgewimmelt. Die

Welt wollte ihn als Helden, er aber wollte nur seine Ruhe. Er brauchte sie einfach. Zum Leben.

Der Tag seines Lebens

Endlich hatten sie die Bergwiese oberhalb der Mittelstation erreicht. Der schmächtige kleine Junge war etwas hinter der großen schlanken Frau zurückgeblieben und blieb nun stehen. Sein Brustkorb hob und senkte sich vor Aufregung und Anstrengung. „Tante Ellie“, rief er völlig außer Atem, während sich seine Stimme vor Freude fast überschlug, „Tante Ellie, ich habe es geschafft!“ Sie drehte sich zu ihm um und mußte unweigerlich lächeln. Was für ein Anblick. Da stand ihr kleiner Neffe Florian mitten in einer herrlich sommerlichen Bergwiese vor dem Panorama schneebedeckter Berge, die sich im Hintergrund geradezu majestätisch in den wolkenlosen Himmel reckten und strahlte mit dem Blau, Rot und Gelb der Wiesenblumen um die Wette.

Für seine zehn Jahre war er viel zu klein, die schmalen Schultern hingen nach unten, die dünnen Beinchen verschwanden fast unter der kurzen Lederhose, die um seine Hüften schlackerte. Das T-Shirt, das er trug, hing an ihm wie auf einem Kleiderständer und der Hut, den sie ihm vor der Abreise in München noch schnell gekauft hatte, bedeckte nicht nur seinen Kopf, sondern hing ihm fast in die Augen, obwohl sie schon die kleinste Größe gewählt hatte. Er war zart, wirkte fast zerbrechlich und stützte sich mit der linken Hand an dem langen Holzstock ab, der ihm den anstrengenden Aufstieg ein wenig erleichtert hatte. Heute aber war er der Größte! „Das hast du geschafft! Du ganz alleine, und das werden wir jetzt feiern." Sie schaute ihn mit Tränen in den Augen an, ehe sie sich nach einem geeigneten Platz für das gemeinsame Picknick umsah. Sie faltete die große, rotkarierte Leinendecke auseinander und breitete sie über der Sommerwiese aus. Während Florian sich glücklich seufzend neben ihr niederließ, öffnete sie den Picknickkorb und holte kühle Limonade, kalte Würstchen, ihren leckeren selbstgemachten Kartoffelsalat und köstliche kleine gebratene Klöße heraus. Sie reichte ihm einen Teller und eine Serviette, brach ein Stück Brot für ihn ab und goß Limonade in die mitgebrachten Gläser.

Es war Sommer. Und was für ein Sommer! Dabei hatte niemand erwarten können, daß er diesen Tag noch erleben würde. Auf diesen Tag hatte er hingelebt. Die ganzen letzten zwei Jahre. Er legte den Hut für kurze Zeit zur Seite, da er hier oben sicher sein konnte, daß ihn niemand sah. Sein kahler Schädel war erklärungsbedürftig. Nur Tante Ellie, die konnte prima damit umgehen. Er hatte alle Haare verloren während der Chemotherapie. Gleich nach der Diagnose und der Operation vor zwei Jahren hatte es angefangen. Irgendwann war es unwichtig geworden, denn die Kinder auf der Krebsstation, mit denen er zwei Jahre seines Lebens zusammen in der Kinderklinik des Universitätskrankenhauses verbracht hatte, hatten alle so ausgesehen. Es war nicht so schlimm gewesen, daß seine Mutter und sein Vater ihn wegen des Hofes, der drei kleinen Geschwister und des Viehs kaum besuchen konnten. Es hatte nur anfangs ziemlich weh getan.

Irgendwann hatten sie das mit der Leukämie Tante Ellie erzählt, der schicken, modernen und schönen Tante Ellie, die seit Jahren in Amerika lebte. Und die war sofort gekommen. Für ihn! Aus Amerika! Sie war nur seine Patentante, aber mittlerweile bedeutete sie ihm alles. Sie war sein Leben geworden. Als sie das erste Mal durch die sterilen, grüngekachelten Gänge der Station geeilt kam, hatte er es kaum glauben können. Alle hatten Besuch gekriegt, nur er nicht. Manche Mütter schliefen sogar in den Zimmern ihrer Kinder. Er hatte sich damit abgefunden. Dann kam Tante Ellie. Sie war so verständnisvoll und so unendlich geduldig und war bei ihm eingezogen. Einfach so. Sie hatte nichts erklärt. Sie war einfach da gewesen und hatte mit ihm geredet, wenn er vor Schmerzen nicht schlafen konnte, weil die Infusionsnadeln in seinen dünnen Armen so weh taten. Sie hatte sich in ihrem Bett zu ihm gedreht und mit ihm über seine Ängste geredet. Über die Krankheit. Und das Sterben und den Tod. Und sie hatte ihm Mut gemacht.

Vor der zweiten Operation hatte sie dann gesagt, sie beide müßten ein Ziel haben, und er solle sich überlegen, was er noch wolle vom Leben. Da hatte er diese Idee gehabt. Er wollte unbedingt noch einmal mit Tante Ellie in die Berge. Das erste Mal, als sie ihn mitgenommen hatte, war er gerade fünf Jahre alt gewesen. Es war sein erster Urlaub, und er hatte noch nie etwas Schöneres erlebt. Warum sie gerade in die Berge gefahren waren, wußte er nicht. Aber er wußte, daß er da noch einmal hin wollte. Mit ihr zusammen. Dafür hatte er begonnen zu kämpfen. Und mit diesem Ziel vor Augen wurden die Qualen ein bißchen leichter. Er hatte es sogar geschafft, die anderen schmächtigen Kinder, die mit kahlen Schädeln und durchsichtig schimmernder Haut ihre Infusionsständer durch die Flure schoben, ein wenig aufzumuntern. Wenn Tante Ellie dann für ein paar Wochen lang weg mußte, hatte er sich jeden Abend vorgestellt, wie es sein würde, wenn sie beide oben auf der Wiese auf ihrem Berg saßen.

Jetzt saßen sie hier, auf dem Berg. Auf ihrem Berg und genossen den Sommertag. Als sie die Gläser mit einem leichten Klirren zusammenführten, um sich zuzuprosten, sah er sie mit rosigen Wangen und leuchtenden Augen an. „Tante Ellie, wenn ich nächstes Jahr noch lebe, machen wir das dann wieder?“ Fragend sah er sie an. Und sie lächelte. „Aber sicher! Ich hab es doch auch geschafft. Erinnerst du dich nicht an das, was ich dir erzählt habe? Und bei mir ist der Krebs schon seit Jahren besiegt. So lange komme ich schon hierher. Ab jetzt kommen wir beide jedes Jahr einmal hierher und feiern gemeinsam unseren Bergsommer, abgemacht." In dem Blick, den sie austauschten, lagen die gemeinsamen Ereignisse der Vergangenheit und die Unsicherheit der Zukunft. Und die Liebe zum Leben.

Schwarzwaldklinik für Anfänger

Wie lange ist es her, daß Sie das letzte Mal einen Krankenbesuch absolviert haben? Ich meine, einen im Krankenhaus, wo die Patienten wirklich nicht gut dran sind. Bei mir war es leider erst letzte Woche. Ein lieber Verwandter ist schwer erkrankt, da besucht man ihn so schnell wie möglich. Und der Rest meiner Familie kümmert sich natürlich auch. Alle mit Elan, es gibt etwas zu tun, man liebt den Patienten. Die Ärzte sind heute landläufig eher ungenügend ausgebildet und das auch nur in der Schulmedizin. Was nicht zum Fachgebiet gehört, wird übersehen und Psychologie ist sowieso ein Fremdwort. Außerdem sind die Weißkittel chronisch in der Unterzahl und ständig übermüdet. Wären wir beim Fußball, wären die Ärzte ein Team aus der Regionalliga und mit fünf Leuten auf dem Spielfeld gegen die Krankheit, dargestellt von Bayern München in Topbesetzung. Sagt mein Patensohn. Kluges Kind. Und recht hat er. Die Krankenschwestern seien wuselig wie die Cheerleader, hübsch und nett, nur ebenfalls viel zu wenige und auch ständig müde. Also ist die Verwandtschaft dran. Die Zimmer sind klein, ist man nicht privat versichert, liegt man in Zimmern zwischen zwei und sechs Betten, wahrscheinlich gibt es irgendwo in unserem Land sogar noch regelrechte Krankensäle wie früher, ich weiß es nicht, glaube aber mittlerweile wieder an beinahe alles.

So, da wären wir. Nun gilt es zunächst, den Speiseplan zu überarbeiten, bis der Nachttisch einem Gabentisch am Heiligen Abend gleicht und sich biegt. Die wohlmeinenden Ratschläge rieseln auf den Kranken hernieder wie die Musik im Supermarkt, Endlosband. Alle schauen besorgt und verbreiten mit ernsten Gesichtern eine Stimmung, aus der der Kranke zuversichtlich ablesen kann, wie es um ihn steht. Nur keine Freude aufkommen lassen, psssst. So sprecht doch leise. Und nur kein Lachen. Die Lage ist ernst. Und die Besuchszeit dauert den ganzen Tag. Nur wenn der Bettnachbar mal auf den Klostuhl muß oder die Visite kommt, geht man. Aber man ist gleich wieder da. Versprochen. Die Sippe lauert auf dem Flur, seufzt und schüttelt kollektiv den Kopf. Einer wird eilig zum Kaffeeholen geschickt wie ein Späher ins Feindesland, man ist gewappnet für die Rückeroberung des Krankenzimmers. Und die geht schnell. Kaum ist das Zimmer freigegeben, stürzt man sich todesmutig in die nicht mehr ganz geruchsneutrale Krankenstube, ignoriert den eigenen Ekel, Brechreiz hat keine Chance, es geht um alles.

Wirklich? Geht es nicht wirklich eher gegen alles, vor allem den Kranken selbst? Ist das nicht alles wirklich gesundheitsfeindlich? Ich meine zu allererst die wirklich überforderten Ärzte. Die guten sind heillos frustriert oder machen manchmal eine Praxis auf oder gehen ins Ausland, weil da mehr geboten wird, die netten können sich mit ihren alternativen Methoden nicht gegen die Ideen der Geschäftsleitung und den pharmatherapeutisch lukrativen Markt durchsetzen. So bleiben nur wenige Mediziner übrig, die klasse ausgebildet sind, top-informiert, kritisch und mutig genug, die eigene Meinung auch mal im Sinne des Patienten gegen den Chef oder die Geschäftsleitung durchzuboxen, kurz, die leidenschaftlich bei der Sache sind. Und müde sind die auch, was nicht erstaunt. Das Personal ist ja oft nett und bemüht, teilweise menschlich deutlich kompetenter als die Götter in Weiß, aber mindestens ebenso überfordert. Und reden wir nicht über die Küchen in Krankenhäusern, es sei denn, Sie kennen eine, wo einem nach Abnahme des Plastikdeckels nicht sofort übel wird. Ich noch nicht. Es ist also ganz dringlich, daß die Angehörigen sich kümmern, das meine ich ernst. Aber nur, wenn das Kranksein, das Müde- und Fertigfühlen und das auch mal Nölig- und Unzufriedensein dem Kranken noch erlaubt ist! Nur, wenn der Kranke seinen Rhythmus zur Bewältigung der Krankheit finden und leben darf, ohne die käseglockenartige Überstülpung der liebenden Verwandtschaft. Heutzutage hat man den

Eindruck, nein, nein, Krankheit gehört allen, auch den Verwandten, da hat jeder ein Wörtchen mitzureden.

Wo um alles in der Welt sind denn die Professor Brinkmanns, die mal durchgreifen und alle rausschmeißen und sich ans Bett vom Patienten setzen, um zu hören, was der denn wirklich möchte, was er braucht und wen er sehen oder nicht sehen will? Gut, dafür gibt es bestimmt keine Abrechnungsziffer, aber es wäre doch so schön, im Sinne des Betroffenen. Zeit, zu sich zurückzufinden und zu überlegen, Angebote abzuwägen und dann in Ruhe gesund werden können. Wäre das schön.

Den letzten lieben die Hunde

Hinter mir standen zwei Ärzte, ich konnte es genau fühlen. Vor mir mußte dem Geräuschpegel nach der ganze Hörsaal voller Studenten sein. Wie gerne hätte ich einmal aufgeschaut, aber das ging leider nicht. Depressive gucken nämlich nicht nach oben, und sie gucken sich schon gar nicht interessiert Leute an, Depressive haben nämlich überhaupt kein Interesse an irgendwas. Das war der Haken, ich hatte Interesse und was für eines, durfte es aber nicht zeigen.

Während die Herren Doktoren ihren ach so schlau fragenden Studenten die Krankheit erläuterten, an der ich so vorbildlich litt, wanderten meine Gedanken zurück zu der wirklich hervorragend verrückten Idee von damals, die mich nun hierher gebracht hatte, mitten in die Demonstration klinischer Fälle der neurologischen Fakultät der medizinischen Hochschule der Kreisstadt. Gedanken wandern lassen hatte ich gut gelernt, das konnte ich vorwärts, rückwärts und im Schlaf, also war es ziemlich einfach, alle hier sitzen zu lassen und innerlich zurückzukehren, zurückzukehren zu dem Tag, als es angefangen hatte.

Ich würde diesen Mittwoch, meinen persönlichen Triumphtag, sowieso nie vergessen, an dem ich auf diese befreiende Idee, nach der ich nun tagtäglich lebte, gekommen war. Mutter war genau ein halbes Jahr tot, die Erbschaft über die Bühne, und an jenem Mittwoch im Januar trat ich zum ersten Mal in ihr Haus, das jetzt meines war. Ich hatte alles frisch renovieren lassen, um den leidvollen, einsamen Muff der Jahrzehnte aus den Gemäuern zu bekommen, hatte Wände rausreißen lassen und neue Böden verlegt. Mutter hätte das sicher verstanden, vielleicht auch nicht. Jetzt strahlte es in neuem Glanz. Auch wenn die Nachbarn tuschelten, ich war ganz verliebt in das kleine Haus am Stadtrand in unserer Tausendseelengemeinde. Das schönste Zimmer mit Blick zum Garten, das einmal das Wohnzimmer gewesen war, hatte ich besonders liebevoll herrichten lassen. Für meinen Schatz. Und nun war es soweit, Einzugstermin. Zahllose Kisten türmten sich, und nach und nach begann ich, sie vorsichtig auszupacken. Jedes Teil riß mich zu liebevollen Begeisterungsstürmen hin, zärtlich strich ich über vergessene Details und freute mich wie ein Kind unterm Weihnachtsbaum über jede der Raritäten, die da aus blaßblauem Seidenpapier hervorkamen. Mit ihnen kam dieses alte Gefühl von Lust am Spiel zurück, dieses alte, irgendwo steckengebliebene Gefühl von Spaß und im Bauch kitzelnder

Lust pur. Es mußte sich bis zu diesem Tag irgendwo zwischen Angst, Demütigung und dem Ernst des Lebens verkeilt haben. Jetzt aber, jetzt wurde es frei und überflutete mich mit einer Wucht, mit der ich nicht gerechnet hatte.

Und dann war alles fertig, mein Schatz ausgepackt, die ganze Eisenbahn war aufgebaut, das helle Zimmer prall angefüllt mit wiedergeborenem Kindheitsglück. Mein Schatz, der ungefähr zwei Jahrzehnte lang in diesen dunklen Kisten verschwunden war, hatte endlich einen angemessenen Rahmen bekommen. War das ein großartiges Gefühl. Glücklich wie ein kleiner Junge hockte ich mich auf den Fußboden und spielte mit meiner Eisenbahn. Ich hatte dabei wohl ganz und gänzlich die Zeit vergessen, denn als ich aufschaute, war es dunkel geworden. Und dieses panische Gefühl, das dann kam, das würde ich auch nie vergessen! Diese Angst, wieder nicht vorbereitet zu sein für den Unterricht in Mathematik, gymnasiale Oberstufe, wieder den Spott dieser sportlich schönen jungen Bengel ertragen zu müssen, die allesamt aussahen, als ob sie einer Segelreklame entsprungen waren und die so vom Leben verwöhnt waren, daß sie sich nicht vorstellen konnten, wie es war, einer wie ich zu sein. Sein zu müssen. Häßliches dickes Kind mit Brille, Asthma und befreit vom Schulsport, Einzelgänger mit schütterem Haar im Studium. Mamas Liebling, weil Mama nicht alleine sein konnte, denn Papa war längst über alle Berge. Nein danke, ich wollte nicht mehr in die

Schule! Ich wollte alleine sein, mit meiner Eisenbahn spielen und meine Ruhe. Wollte endlich mein Leben zurück und die vielen ungespielten Stunden nachholen.

In dieser Nacht, als ich verstört in meine alte Wohnung fuhr, weil der Rest meiner Sachen noch dort war, fiel mir ein, daß der Kollege Fiedke neulich zu der Rut gesagt hatte „Du, die Petra, die sehen wir nicht wieder. Die kriegt die Pension durch, bei so einem Psychofall geht das ruckzuck, wirst du sehen." Und genau das wollte ich auch, ruckzuck da raus aus dem einzigen Gymnasium der Kleinstadt, ruckzuck Schluß mit den Demütigungen pubertierender Söhne und Töchter neureicher Eltern, ruckzuck raus aus dem Leben anderer rein in mein eigenes. Ich weiß noch genau, daß ich nicht geschlafen habe in dieser Nacht, sondern im Internet surfte. Ein paar Stunden später war ich zwar um Jahre gealtert, aber ich wußte, was eine Depression war und vor allem, wie einer aussieht, der so was hat, wie der sich bewegte und an was der litt. Na ja, so wie ich hier gerade aussehe, so sieht so einer eben aus.

Damals bin ich am nächsten Morgen gleich zu meinem Hausarzt, der war ganz entsetzt, wie ich denn aussähe. „Mensch, Klaus", hat der gesagt, denn wir kennen uns schon lange, „Klaus, was ist denn mit dir los?" Tja, und da hatte ich dann erzählt von den Schlafstörungen, der Lustlosigkeit und der Antriebsschwäche, daß mir nichts mehr Freude machte und ich immer so traurig war, auch wenn die

Sonne schien. Er schrieb mich krank, gleich für zwei Wochen und gab mir Medikamente. Die hab ich natürlich nicht genommen, logisch. Anfangs war es schwierig, sich immer depressiv verhalten zu müssen, aber ich habe mich in meine Rolle immer besser reingefunden. Die Krankschreibung hat gedauert und gedauert, klar, es ging mir ja auch nicht besser. Nach ein paar Monaten kam dann der Amtsarzttermin in der Kreisstadt, der was von „enorm schwerer Fall" gemurmelt hatte, was mich richtig stolz auf meine schauspielerische Leistung sein ließ! Tja, und was soll ich sagen: seit gestern weiß ich nun, daß es sich gelohnt hat, meine Pension ist durch, obwohl ich erst neunundvierzig bin und eigentlich fit. Ha! Keine Schule mehr, ich hab es euch gezeigt, ihr androgynen Schönlinge, ich bin schlauer als ihr, ich darf es bloß nicht zeigen, muß es für mich behalten.

Deshalb hatte ich auch das hier mitgemacht, diese Fallvorstellung. Die müßte jetzt gleich vorüber sein, dann würden sie mich endlich wieder nach Hause bringen. Aha, hinter mir tat sich was, ich konnte vorerst aufhören mit dem Gedanken wandern lassen.

„Herr Kleber? Herr Kleber, können Sie uns hören? Sie sehen, liebe Kollegen und Kommilitonen, ein wirklich bedauerlicher Fall, tritt manchmal ganz weg und zeigt dann wieder klare Phasen. Ah, jetzt scheint er sich zu reorientieren. Sehr schön, Herr Kleber, wie geht es Ihnen?"

Freundchen, wenn du wüßtest, wie gut! Aber ich schaute nur langsam verstört ein bißchen hoch und lächelte auf Sparflamme, die Burschen da draußen waren ja schon mit so wenig glücklich.

„Herr Kleber, danke, daß Sie die Demonstration mitgemacht haben, unser Fahrdienst bringt Sie nun nach Hause, in Ordnung?"

Klar, du Herrgott in Weiß, da warte ich doch schon lange drauf, nur eben eine Nicken andeuten und schon freut der sich. Vielleicht noch ein bißchen stammeln, das paßt auch ab und zu gut. „Ja, äh, ja, Herr Doktor, ja, ja." So, jetzt hatten die aber genug für heute.

Keine zwei Stunden später und der Spuk war soweit weg, als hätte er nie stattgefunden. Ich saß in der Sonne auf der Bank vor meinem Haus, wo mich die ältere Dame von nebenan hingesetzt hatte, als sie gegangen war. Ich kam ganz gut alleine zurecht, aber einmal am Tag kam sie immer vorbei, die Frau Wöldner. Liebe Seele eigentlich. War mir früher nie aufgefallen. Ich fühlte mich unendlich komisch, eigentlich hätte ich mich doch nun freuen können, meine Arbeit hatte Früchte getragen, ich war Pensionär und konnte spielen, den ganzen Tag lang. Aber seltsamerweise wollte ich das nun gar nicht mehr. Mir fehlte die Lust dazu, und das machte mich nachdenklich. So verbrachte ich mehrere Tage damit, im Sonnenschein darüber nachzudenken, warum ich mich nicht freuen konnte. Wenn ich mittags aufstand, dachte ich darüber nach, wenn ich in Zeitlupe Kaffee kochte oder durch mein Haus schlurfte, dachte ich auch darüber nach. Und kam zu dem entscheidenden Schluß, daß ich einen Fehler gemacht haben mußte. Ich hatte vergessen, nachzulesen, wie man wieder rauskommt, aus der Depression. Und nun steckte ich drin, richtig tief drin. Von Tag zu Tag wurde ich verzweifelter, aber es half nichts. Ich war wie in mir selber gefangen und fand nicht mehr hinaus.

Dann kam der Tag, an dem der Engel in mein Leben kam. Auf vier Pfoten. Einfach so. Und es änderte sich alles. Ich saß wie immer auf der Bank vor dem Haus und dachte nach, als plötzlich ein kleiner Hund vor mir saß. Ich hatte keine Ahnung, wo er hergekommen war, aber er saß da und beobachtete mich. Einfach so. Er war niedlich, eine Mischung aus allen Hunden der Stadt, schätzte ich, wuschelig und klein, mit klugen Knopfaugen und kleinen Hängeohren. Nicht größer als ein Hase und schwarzbraun gefleckt. Er sah mich an und legte den Kopf schief. Ich sah ihn auch an, es tat sich nichts. Nach einiger Zeit wollte ich ihn anfassen, aber meine über Monate eingerosteten Glieder taten sich schwer. Er wartete. Wartete bis meine steife Hand ihn nach unendlichen Minuten berührte. Vor Scham darüber, daß es so lange dauerte, bis ich das kleine Tier endlich berühren konnte, weinte ich. Und er saß da und schwieg. Als meine zittrige Hand ihn berührte, stockend und vorsichtig, stupste er sie und leckte meine Finger. Ich weinte und weinte, die Tränen flossen nur so aus meinen Augen. Er berührte mich ganz vorsichtig und liebevoll und damit hatte er mein Herz angerührt. Wie lange war das her, seit ein Wesen nett zu mir gewesen ist! Es mußten Jahrzehnte sein. Ich beschloß, ihm zum Dank etwas zu essen zu geben und zog ganz vorsichtig meine Hand wieder zurück. Er wartete. Es dauerte Stunden, bis ich aufgestanden war und langsam ins Haus schlurfte, er folgte mir. Ich hätte gerne mit dem Hündchen geredet, aber mir fielen keine Worte ein. Endlich schaffte ich es, eine Schüssel mit Wasser und eine Portion Hühnerfleisch, die Frau Wöldner mir zum Abendbrot gebracht hatte, für das Tierchen zu richten. Als ich beides unter großen Mühen auf den Boden gestellt hatte, sah ich ihn erwartungsvoll an. Ein erstes Mal wedelte er mit dem Schwanz! Ich weinte wieder. Das Tier sah mich an, als wolle es fragen, ist das wirklich für mich? Und ich konnte nur dastehen, heulen und nicken. Aber mein neuer Freund verstand auch so. Er ging langsam auf das Futter zu, aß und trank und sah mich dann an, seine rosa Zunge leckte zufrieden über sein kleines spitzes Mäulchen. Und dann ließ dieses winzige Wesen den größten Rülpser los, den ich je gehört hatte.

Das war der Abend, an dem mein Lachen wiedergeboren wurde.

Von da ab blieb der Hund, und wir übten jeden Tag. Wir übten ganz normale Dinge, wir übten meine Rückkehr in den Alltag. Ich nannte ihn Engel, weil es das am besten traf, und Engel war ein hervorragender Trainer. Er wartete, bis ich soweit war, ihn mit einer flüssigen Bewegung streicheln zu können, bis ich ihm zügiger Wasser und Futter bereitstellen konnte und früher aufstand als gewöhnlich. Er war bei mir, wenn ich auf der Bank saß und brachte die Leute zum Lächeln, wenn er mit halbgeschlossenen Augen auf meinem Schoß lag und sein kleines Hundeleben genoß. Aber er war kein Hund, er war ein Engel, er schaffte es nach und nach mit seiner Engelsgeduld, mich aus dem Käfig der Depression zu befreien. Den letzten mutigen Schritt zurück in die Zivilisation verpaßte er mir dann aber doch ziemlich unsanft mit einem Riesenschrecken. Mir war schon seit geraumer Zeit aufgefallen, daß er immer dicker wurde, aber es hatte mich nicht sonderlich gesorgt, ich nährte ihn eben gut. Eines Morgens aber legte er sich winselnd auf die Decke, die ich ihm extra bereitgelegt hatte, und machte einen komischen Katzenbuckel. Da flutschte ein winziges, mausgroßes Wesen aus ihm heraus, und Engel schrie entsetzlich auf. Da war mir schlagartig klar: mein Engel war ein Mädchen und sie bekam Junge! Voller Angst um meine liebevolle Begleiterin sprang ich auf, griff zum Telefon und wählte die Nummer des Tierarztes.

„Doktor Mienert, Sie müssen sofort kommen, meine Hündin bekommt Junge und ich habe große Angst um sie, machen Sie schnell, bitte. Hier spricht übrigens Klaus Kleber, Stadtrandstraße drei. Bitte schnell, Herr Doktor!"

Ohne daß der Doktor etwas gesagt hatte, stand er zehn Minuten später vor mir und stammelte „Ein Wunder!“ Viel später wurde mir klar, daß er meine wundersame Heilung meinte und nicht Engel, die ihre Jungen bekam. Sie machte das großartig. Wie alles.

Tja, und jetzt sitze ich hier und bin glücklich. Morgen muß ich noch mal in die Fallvorstellung zu den Neurologen. Keiner kann das verstehen mit meiner Heilung. Ich eigentlich auch nicht. Aber ich hab mich sehr verändert. Pensioniert bin ich immer noch, aber die Eisenbahn ist verkauft, statt dessen habe ich den Garten schön einzäunen lassen und mir ein größeres Bett gekauft, für mich und meine sechs Hunde. Ich hab Engel versprochen, daß wir sie alle behalten, ist doch klar. Sie hat mir doch gezeigt, daß die Leute gar nicht so schlecht sind, wie ich immer dachte und daß ich mit sechs Hunden viel mehr Spaß haben kann als mit einer doofen Eisenbahn. Die Eisenbahn habe ich weggegeben, die Engel behalte ich. Alle. Wer würde denn auch Engel weggeben können, ich jedenfalls nicht!

Was heute zählt, war gestern

Der Landeanflug hatte begonnen. Christa Walter saß ruhig in ihrem Sitz und sah aus dem Fenster. Das Herz schlug ihr bis zum Hals. Beinahe elf Stunden Flug lagen hinter ihr, jede einzelne hatte sie ihrem Abenteuer ein bißchen näher gebracht. Gleich war es soweit. Leise rumpelnd setzte der Jumbo auf. Endlich! Sie war in Amerika, in San Francisco. Ein Seufzer entglitt ihr. Nun noch durch die Kontrollen und dann den Mietwagen abholen. Sie kannte das Procedere, es war nicht ihr erster Trip in die Staaten, wohl aber der erste unter den neuen Bedingungen.

Eineinhalb Stunden später steuerte Christa das Fahrzeug durch den dichten Nachmittagsverkehr der hügeligen Innenstadt von San Francisco. Stolz, glücklich, aber auch erschöpft und müde erreichte sie ihr Hotel. Sie würde sich zwei Tage in San Francisco entspannen, ehe sie weiter in Richtung der Monterey Bay fahren würde. Sie steuerte den Wagen die elegante Auffahrt hinauf und hielt vor dem Eingang. Ein Page kam eilfertig herbei, öffnete die Tür und begrüßte sie mit einem so freundlichen

Servicelächeln, daß man es als Europäerin beinahe persönlich nehmen konnte. Nimm dich zusammen, altes Haus, dachte Christa, als sie sein Lächeln erwiderte, du könntest glatt seine Mutter sein. Denk immer daran, du bist fünfundfünfzig, keine dreißig mehr wie beim letzten Mal. Da war dieses hübsche Kerlchen hier noch nicht einmal geboren!

Als sie das Zimmer betrat, dessen überwältigende Aussicht bis zum Pazifik reichte, traten ihr Tränen in die Augen. San Francisco schien sich ihr regelrecht zu Füßen zu legen. „Oh, Martin", murmelte sie leise. „Wenn du es doch nur noch einmal sehen könntest! Aber vielleicht kannst du es ja. Von oben. Du bist doch immer bei mir, nicht wahr?" Sie wischte sich die Tränen aus den Augen und trat dichter ans Fenster. Kleine weiße Segelboote tanzten auf den Wellen, der milchige Sonnenschein ließ auch jetzt am Spätnachmittag noch erahnen, daß es ein nebliger Vormittag gewesen sein mußte. So war es halt im August, erst im September würden die Tage schon am Morgen klarer sein. Dennoch meinte Christa, sie könne am Horizont die Santa Cruz Mountains erkennen, was völlig unmöglich war. Vielleicht wollte sie sie einfach sehen, diese Bergkette, in der sie vor dreißig Jahren mit Martin auf ihrer Hochzeitsreise plötzlich beschlossen hatte, dem Camperleben Adieu zu sagen, weil sie beide den Sommernebel unterschätzt hatten. Für ein paar Minuten schloß sie die Augen und sah Martin vor sich, wie er verfroren aus dem Zelt krabbelte und in

Sekundenschnelle wieder zu ihr zurückkehrte, sich frierend an sie drückte und leise in ihr langes, blondes Haar murmelte, wie sehr er sie liebte und wie sehr er den Nebel und das klamme Zelt haßte. Sie hatten nach fünf Tagen auf dem Zeltplatz beschlossen, daß ihre Welt doch eher in der warmen Eleganz eines Luxushotels zu suchen war als auf einem Zeltplatz, auf dem man vor lauter kaltem Nebel die Waschräume nicht finden konnte.

Mittlerweile war ihr Haar kurz und grau, und die Welt hatte sich verändert. Martin war fort und sie gezwungen, ihren Lebensweg alleine fortzusetzen.

Nachdem sie ihre Sachen ausgepackt hatte, einen Tee auf das Zimmer bestellt und sich ein ausgiebiges Bad gegönnt hatte, machte sie sich zum Abendessen fertig. Sie würde einfach im Restaurant des Hotels bleiben und gemütlich etwas essen, am nächsten Tag konnte sie noch immer die Stadt erkunden und auswärts essen gehen. Seltsam, dachte sie, wie sehr das Alleinsein doch die Perspektive für die Welt verändert. Aus warmer, vertrauter und selbstverständlicher Zweisamkeit wird auf einmal unsichere, aufmerksame und anstrengende Einsamkeit. Na gut, ich hätte ja nicht fahren müssen. Ich habe es ja so gewollt. Sie warf ihrem Spiegelbild einen letzten prüfenden Blick zu und lächelte zufrieden. Für ihre fünfundfünfzig Jahre hatte sie noch immer eine schlanke Figur, sie kleidete sich sportlich und trug das dicke, ergraute Haar kurzgeschnitten. Das Ungewöhnliche an ihr aber waren die strahlenden blauen

Augen, die ihr eine beinahe jugendliche Ausstrahlung verliehen. Genau diese Augen waren es, in die sich Martin damals an der Universität in Hamburg so verliebt hatte. Sein Bild zog abermals kurz vor ihr auf: er, der junge Betriebswirtschaftsstudent, lässig an die Wand der WG gelehnt, die er mit drei Kommilitonen teilte. Geburtstagsparty eines Freundes. Es war der Abend, an dem er ihr zum ersten Mal gesagt hatte, daß er sie liebte. Von dieser Zeit an waren sie zusammengeblieben. Sie war tatsächlich noch nie so lange ohne ihn gewesen, wie sie es jetzt sein mußte.

Sie schüttelte den Kopf, als wolle sie die Gedanken verscheuchen, griff nach ihrer Handtasche und machte sich auf den Weg. Das Restaurant war offenbar ausgebucht, und man bot ihr an, sich zu einer anderen Dame an den Tisch zu setzten, da es keinen anderen freien Platz mehr gab. Kurz darauf stand Christa vor einer kleinen, rundlichen Frau, die ihr auf Anhieb sympathisch war. Deren Gesicht strahlte beinahe so, als wäre sie glücklich, nicht mehr alleine am Tisch sitzen zu müssen.

„Guten Abend, Walter mein Name, Christa Walter. Ist es in Ordnung, wenn ich mich zu Ihnen setze?"

„Oh, klar. Es ist mir sehr angenehm. Ich bin Ami Scott. Ich freue mich, daß Sie da sind. Es ist ekelhaft, alleine hier zu sitzen, um ehrlich zu sein."

Christa sah ihre neue Tischnachbarin amüsiert an. Eine solche Ehrlichkeit hatte sie nicht erwartet. „Also, Sie sind mir ja eine! Ich dachte immer, daß nur ich das als komisch erleben würde, wenn ich alleine unterwegs bin."

„Oh nein, das ist und bleibt fies, finde ich. Ich komme übrigens aus New Jersey, nahe New York, da trägt man das Herz auf der Zunge, wissen Sie."

„Na, das gefällt mir. Ich komme aus Köln, Deutschland."

„Wow! Da sprechen Sie aber gut Englisch. Ich hätte gedacht, daß Sie aus den Staaten sind."

„Danke, was für ein nettes Kompliment."

„Ich kann leider keine Fremdsprachen, deshalb bewundere ich es auch immer so. Sind Sie beruflich hier? Ich meine, wenn ich das fragen darf?"

„Sicher dürfen Sie. Irgendwie ist es halb privat, halb beruflich. Ich habe unten in Santa Cruz einen Kurs in Kommunikation gebucht."

„Nein!"

„Wieso nein?"

„Weil ich da auch hinfahre!"

„Wirklich?"

„Ja. Sie meinen doch die Sommeruni in Santa Cruz in der Monterey Bay, nicht wahr? Fängt in zwei Tagen an."

„Aber ja", erwiderte Christa lachend. „Also das kann kein Zufall sein. Darauf spendiere ich uns einen Champagner. Ist das in Ordnung?"

„Oh, wundervoll, ja gerne."

Wenig später berührten sich die Gläser leise klirrend.

„Na dann, auf die Sommeruni!"

„Auf die Sommeruni. Ich bin übrigens Ami."

„Christa."

Christa stellte verwirrt fest, daß über dem Abend jene warme Vertrautheit lag, die sie bisher nur vom Zusammensein mit langjährigen Freundinnen gekannt hatte.

„Christa, wie kommt es eigentlich, daß du gerade in diesem Jahr nach Santa Cruz gehst? Bist du regelmäßig da? Ich meine, jeden Sommer?"

„Oh nein. Zum letzten Mal war ich vor ungefähr dreißig Jahren hier."

„Wow, das ist lange her!"

„Ist es auch. Damals war ich zum Kurs an der Uni und im Anschluß daran kam mein Mann Martin nach, wir haben sozusagen unsere Hochzeitsreise nachgeholt. Es war eine herrliche Zeit."

„Aber du siehst traurig aus, wenn du darüber sprichst."

Christa lächelte verlegen, ihrer neuen Freundin war offenbar nicht entgangen, daß dies nur die halbe Geschichte war. Sie hatte bisher nicht darüber geredet, nun aber war es beinahe eine Wohltat, endlich auch den Rest erzählen zu können.

„Martin ist letztes Jahr gestorben, weißt du", sagte sie leise, „es war ein langer Weg bis zum Schluß, und ich war mit den Kräften am Ende. Ich wollte irgendwie weg, nachdem alles geregelt war. Ich weiß nicht, ob du das verstehen kannst, aber ich wollte noch einmal an den Ort von damals, wo wir so glücklich waren. Irgendwie fühle ich mich ihm hier besonders nahe. Ein bißchen verrückt, nicht wahr?"

„Nein, gar nicht." Ami schüttelte den Kopf. „Das tut mir sehr leid für dich, Christa. Ehrlich. War es Krebs?"

„Ja. Warum fragst du das?"

„Weil es wichtig für mich ist. Es bestätigt mich in dem, was ich vorhabe."

„Ich glaube, ich verstehe nicht ganz." Christa sah Ami fragend an.

„Ich habe auch so einen Grund wie du, um nach Santa Cruz zu fahren. Ich war vor zwanzig Jahren das letzte Mal dort, damals war alles noch in Ordnung." Ami machte eine Pause. „Damit meine ich, ich war glücklich verheiratet, meine Mutter und meine Schwester waren gesund. In den dazwischen liegenden Jahren erkrankte erst meine Mutter an Brustkrebs und starb daran, mein Mann reichte die Scheidung ein, und schließlich bekam meine Schwester Brustkrebs. Sie kämpft bisher sehr tapfer dagegen an, aber es ist und bleibt ein Elend."

Christa sah Ami fassungslos an. „Oh, wie furchtbar."

„Ja, das waren harte Jahre. Mein Arzt, ein bekannter Krebsspezialist aus New York, hat mir geraten, vorsorglich beide Brüste amputieren zu lassen. Das macht man zwar selten, aber bei der Auftretenshäufigkeit in meiner Familie ist es mehr als ratsam. Es ist beinahe zu hundert Prozent sicher, daß auch ich Krebs bekomme. Ich werde nächstes

Jahr fünfzig. Da wird es immer wahrscheinlicher, daß er bald ausbricht. Meine Schwester war dreiundfünfzig, als es losging. Und ich hänge am Leben, Christa. Man kann ohne Brüste leben, aber nicht mit dieser aggressiven Form von Krebs, wie er in meiner Familie vorkommt. Deshalb habe ich gefragt, ob Martin auch diese Erkrankung hatte. Krebs kann einen umbringen, so wie er meine Mutter und deinen Martin umgebracht hat. Und ich habe noch keine Lust zu sterben. Ich werde die Operation im Herbst machen lassen. Vorher wollte ich aber noch mal nach Santa Cruz, irgendwie will ich wohl anknüpfen an die guten, gesunden Jahre von damals. So wie du auch, nicht wahr?"

Christa nickte nur. Sie griff quer über den Tisch nach Amis Hand und drückte sie. Was hatte diese lebenslustige Frau, die ihr gegenübersaß und der ihr Herz nur so zuflog, bisher nur alles durchgestanden. Und was hatte sie noch durchzustehen.

„Ami", sagte sie schließlich, als sie ihre Tränen mit Erfolg zurückgedrängt hatte, „Ami, wenn du möchtest, komme ich zu deiner Operation und stehe dir bei. Aber nur, wenn du möchtest."

„Das würdest du tun?"

„Ja, das würde ich ganz sicher tun. Ich kann es nicht erklären, aber ich fühle mich, als würden wir uns schon ein Leben lang kennen."

„Mir geht es genauso. Ganz genauso. Schon als der Kellner dich zum Tisch begleitet hat und du mich mit deinen unglaublich strahlenden Augen angesehen hast, habe ich dich total sympathisch gefunden. Und du würdest kommen? Zu meiner Operation?“

„Ja, du kannst dich darauf verlassen. Ich bin ja ungebunden, ich bleibe so lange, wie du mich brauchst. Ehrenwort.“

„Also wirklich, das rührt mich. Und ich nehme das an, Christa. Du hast so eine wundervolle, positive Ausstrahlung, das macht mir Mut. Komm nur früh genug, dann fahren wir schon ein paar Tage früher nach New York und machen die Stadt unsicher. Ich bin ja nicht krank, ich laß das machen, weil ich es gar nicht erst werden will. Also, wie wär' das?“

Christa hob gerührt ihr Glas und prostete Ami zu. „Das wär' toll, Ami.“

Zwei neblige Morgen später saßen die beiden Frauen nebeneinander in Christas Mietwagen. Hinter ihnen lagen zwei wundervolle Tage in San Francisco und vor ihnen die Berührung mit der Vergangenheit. Und eine tiefe Freundschaft.

Engel für dich

Auf der Intensivstation ist es an den Bettenden manchmal ziemlich voll. Da sitzen sie: groß, klein, weiß, schwarz, rot, leuchtend, wunderschön, majestätisch oder auch unauffällig, zurückhaltend, schüchtern. In Menschen- oder Tiergestalt. Engel in allen Farben und Formen, die man sich nur vorstellen kann. Der Engel, den ich meiner Mutter geschickt habe und der für gewöhnlich mich im richtigen Leben begleitet, ist strahlend weiß, riesengroß und hat ein gütiges Gesicht. Seine Flügel sind aus weißen Daunenfedern, die ich manchmal, wenn das Leben besonders hart und anstrengend ist, fühlen kann. Richtige Reinkuschelflügel eben. Ganz weich. Genau richtig für Mami für die Zeit vor, während und nach der Operation. Wenn er diese riesigen Flügel um jemanden legt und bewegt, leicht, nur ganz, ganz leicht, gleitet wärmende Energie in jede Zelle der Person, die er gerade beschützt. Jetzt eben in Mamis Körper.

Mami hat mehrere Engel. Vorsichtshalber. Wenn man genau hinsieht und ganz leise ist, kann man sie sehen. Neben dem großen weißen sitzen ein paar Elfen. Sie wirken winzig und sind immer aufgeregt. Das ist bei Elfen normal. Sie gelangen in Energieebenen, wo die anderen Wesenheiten nicht mehr hinkommen, weil sie so klein und wendig sind. Deshalb ist es immer gut, ein paar Elfen im Team zu haben. Und Mami liebt Tiere. Neben ihrem eigenen eleganten und weisen Schutzengel, der sich ein wenig zurückhält und ganz in Nebel gehüllt am Fußende steht, hat sie also noch die Tierengel um sich herum. Drei Rotkehlchenengel sitzen auf dem Infusionsständer, ein Gänse- und ein Hühnerengel hokken schlafend unter dem Bett, und der kleine Hundeengel liegt auf ihrem Bauch. Er ist wattebäuschchenfederleicht, aber trotzdem ein Energiebündel. Und bewegt sich in ihrem Atemrhythmus auf und ab. Sie atmet ganz flach. Er bewegt sich ganz leicht. Aber es ist alles in Ordnung. So sehr in zufriedener Ordnung, daß meine Engel sich ein kleines bißchen langweilen. Ab und zu fächeln sie ihrem Menschen ein wenig Energie zu, dann seufzt der kleine Hundeengel auf Mamis Bauch zufrieden und kuschelt sich auf der Decke enger an sie. Seine durchsichtigen Flügel liegen ganz sanft auf ihrer Hand mit der Infusionsnadel. Damit es nicht so weh tut. Er hat dieses ganz besonders enge Verhältnis zu ihr, deshalb darf er auch auf ihrem Bauch liegen. Das dürfen nur Tierengel mit einer wirklich besonderen Bedeutung. Tiere, die ihre Menschen im richtigen Leben schon einmal getroffen und berührt haben.

Das richtige Leben ist übrigens dort, wo Menschen denken, daß sich alles abspielt, was es gibt. Sie nennen das Realität. Es ist ein bißchen so wie bei einem Radiosender. Die meisten Menschen empfangen nur auf einem Kanal und denken, es gibt keine anderen. Weil sie die nicht wahrnehmen. Gibt es aber doch. Und Tiere wissen das. Sie kennen die anderen Frequenzen. Genau wie die Engel, die Elfen und die übrigen Wesenheiten. Und manchmal kommt etwas durch. Dann erreichen die Engel die Menschen. In schwierigen Situationen ist es oft so. Da werden die Menschen ein bißchen durchlässiger für die anderen Schwingungen. Und die Engel mögen das. Alle. Denn dann können sie das tun, was sie am liebsten tun: unser Leben ein wenig freudvoller gestalten, uns behüten und helfen. Menschen wie Mami helfen sie besonders gerne, denn sie ist gutmütig, liebevoll und so mitfühlend, daß sie anderen Menschen und Tieren einfach guttut. Und sie hat Fähigkeiten, von denen sie noch nicht einmal ahnt, daß sie sie hat. Sie könnte viel mehr aus diesen anderen Welten empfangen, weiß aber noch nicht, wie das geht. Also ist das eine echte Chance. Für Mami und ihre Engel. Aber im Augenblick ist alles in Ordnung. Die OP ist gut verlaufen, und jetzt muß der Körper erst einmal heil werden. So lange heißt es warten. Der kleine Hundeengel dreht sich im Schlaf auf den Rücken und streckt alle viere von sich. Er schnarcht ein klitzekleines bißchen. Aber einer seiner beiden Flügel liegt auch weiterhin auf Mamis Hand mit der Infusionsnadel. Die anderen Engel schauen kurz hin, die Elfen kichern und sirren auf und ab. Mein großer weißer Engel sendet einen winzigen, kitzelnden Energiestrahl zu der Engelhundenase. Er hört auf zu schnarchen. Für ein paar Sekunden jedenfalls. Mami geht es so gut, daß sie sich langweilen, meine Engel.

Wußten Sie, was Engel tun, wenn sie sich ein wenig langweilen und alles o.k. ist? Sie schauen erst einmal, wer noch so da ist von den Kollegen und ob es etwas zu helfen gibt an den anderen Betten. Wenn nicht, dann tun sie das, was die Menschen auch tun, wenn sie sich langweilen. Sie machen Unsinn. Liebevoll, weil Engel gute Wesen sind. Aber es bleibt Unsinn. Das sind dann die Momente, in denen uns Dinge passieren, die lustig, unlogisch oder vielleicht ein wenig ungeschickt sind. Da mag ein Mensch eine besonders schöne Muschel am Strand finden und kann nicht wissen, daß ein kichernder Engel sie ihm genau vor seine Füße geworfen hat. Ein anderer, weiblicher Mensch verliert im Wind seinen schicken Hut, der von einem männlichen Menschen aufgefangen wird, und eine schöne Liebesgeschichte beginnt. Nur, weil ein Engel diesen Hut dem Kollegen zugeworfen hat. Alles längst geplant und verabredet. Jemand anders stolpert vielleicht im Flur über ein Spielzeug, das Kinder liegengelassen haben und findet dabei unter der Kommode Omas geliebte Brosche wieder, die sie so verzweifelt gesucht hat. Wieder ein anderer Mensch findet vielleicht einen Glückscent auf dem Parkplatz des Supermarktes und dann noch einen und noch einen und weiß, heute ist mein Glückstag. Und die Engel wippen vergnügt auf den Wolken hin und her und schütteln die Köpfe, weil doch jeder Tag voller Glück sein sollte. Nur haben wir Menschen das vergessen, und weil wir durch jede Art von Glücksspiel so leicht zu erreichen sind, necken die Engel uns gerne damit. Oder ein Tier kommt ganz nahe und berührt einen Menschen. Mit dem Blick, dem Fell oder dem Herzen. Es spielt keine Rolle. Was zählt ist die Magie dieses Augenblicks. Ist Ihnen schon einmal aufgefallen, daß wir in solchen winzigen Momenten gar nicht in der Realität zu sein scheinen, sondern irgendwo anders? Wenn Ihnen das nächste Mal etwas Ähnliches passiert, wissen Sie: die Engel spielen gerade ein wenig mit Ihnen, voller Licht und Liebe. Und wenn es ernst wird im Leben – rufen Sie Ihre Engel. Die freuen sich darauf und helfen. Garantiert. Bis es ein klitzekleines bißchen langweilig wird. Aber bis es soweit ist, werden sie Ihnen guttun, die Engel. Bestimmt. Dafür sind Engel da. Irgendwie haben Sie das doch auch schon immer gewußt, oder?

Friseurtermin am Hals

Da sitze ich an einem trüben Oktobermorgen in Uschis Friseurladen in Würselen-Broichweiden, um meinen mittlerweile durchschimmernden grauen Haaransatz wieder in strahlendes Herbstrot verwandeln zu lassen. Und lese. Wie alle Frauen beim Friseur. Oben drauf „Schöner wohnen" und „Vogue", drunter „Bunte" und „Frau im Spiegel". Man liest von unten nach oben. Und die Horoskope immer. Egal, wo sie drinstehen. In einer der Zeitschriften (habe vergessen, wo sie lag) also mein Horoskop. Die Waage. Mein Geburtsmonat September. Gut, wir haben schon Oktober, ich bin eben eine frühe Waage. Und ich lese, ich sei ein Glückskind. Im Malen, Singen und Tanzen begabt, mit einem stilsicheren Geschmack und einer so unwiderstehlichen Anziehungskraft auf das männliche Geschlecht ausgestattet, daß die Herren der Schöpfung mir zu Füßen liegen. Als sei das nicht schon mehr als genug, erfreue mich einer strotzenden Vitalität. Soweit das Horoskop. Schade nur, daß die Realität ein klitzekleines bißchen anders aussieht. O.k., malen kann ich ganz gut, singen dafür überhaupt nicht und der Haken beim Tanzen ist, daß es auf dem Sofa immer so viel gemütlicher ist als im Studio. Mein stilsicherer Geschmack streitet zu oft mit meinem sensiblen Portemonnaie und zu meinen Füßen liegt nur Balu, der Hund von Uschi. Übrigens ein weiblicher Hund. Tja. Mit meiner strotzenden Vitalität ist es auch nicht so weit her. Seit acht Wochen habe ich sie nun, diese lästigen Halsschmerzen. Und es wegen der Haare heute nicht zur vierten Vitamin-C-Infusion bei meinem Hausarzt geschafft, die so notwendig gewesen wäre. Nachher geht nicht, da muß ich ins Büro. O.k., frau muß halt Prioritäten setzen, Sie verstehen das bestimmt.

Und wie ich nun die Packung im Haar habe und entspannt vor mich hin döse, passiert es. Zuerst kann ich es gar nicht glauben, aber ganz schnell begreife ich: es stimmt! Mein Hals, der Schmerzende, spricht zu mir ...

Pst! Hey du. Ja, dich meine ich. Also wirklich! Da fragst du dich, warum ich kratze? Und das schon seit acht Wochen? Weißt du eigentlich, was ich alles für dich tue? He? Und du für mich? Ziemlich wenig. Und wenn überhaupt, erst wenn es zu spät ist. Über gesund sein und bleiben weißt du nun wirklich nicht viel, und das bißchen, was du kennst, machst du nicht, weil du deine sogenannten Prioritäten setzen mußt. Pah! Ich, ich verbinde deinen Kopf mit deinem Körper, lasse die Luft durch die Luftröhre in mich hineingleiten, sei sie nun kalt oder warm, virenverseucht oder herrlich klar und sauber wie an den viel zu wenigen freien Wochenenden, die du dir am Meer gönnst. Meine Schleimhautkollegen werden es schon richten, Immunsystem sei Dank. Und ich leite deine Speisen durch die Speiseröhre weiter in den Magen, aber das ist ein anderes Thema. Bei dem, was du ißt, sowieso. Immer muß ich alles klären und filtern aus der Luft. Ich bin sozusagen das Tor deines Körpers, die Verbindung zum Leben und zum Sprechen. Der erste Schrei, als man dir gerechtfertigter Weise gleich nach der Geburt eins auf den Hintern gegeben hat, war nur möglich durch die Stimmbänder, die ich in mir habe. In mir, deinem Hals! Aber du nimmst mich nicht wahr. Glaubst wohl, ich wäre nur dazu da, deinen gestylten Kopf durch die Welt der klimatisierten Räume zu tragen. Dabei wäre Waldluft statt Kneipenmief auch ganz schön. Wenigstens ab und zu. Und so kratze ich ein winziges bißchen. Und du? Du denkst, daß es genügen müßte, ein Chanelschälchen um mich zu wickeln, was ja obendrein noch hübsch aussieht. Prioritäten! Schon die alten Chinesen haben gewußt, daß man hinten im Nacken zwei Windpunkte hat, die man schützen muß, damit ich nicht kalt werde, denn ich mag keinen Wind. Dabei soll übrigens ein richtig dicker Schal gute Dienste tun. Kein Schälchen. Na ja, du hast keinen, der zu deiner neuen Jacke paßt. Da kratze ich ein winzigkleines bißchen mehr. Du gurgelst mit

Salbeitee, was ja immerhin gut ist, weil das die Viren abtötet, die dir deine Kollegen im Büro gratis für unterwegs mitgeben. Ich zeige mich galant, nehme etwas Kratzen zurück und was tust du? Trippelst in deinen neuen High-Heel-Guccitretern abends durch die kühle Herbstnacht, weil du dem hübschen neuen Kollegen beim gemeinsamen Essen der Abteilung gefallen möchtest. Dabei weiß man doch, daß schon eine Stunde mit kalten Füßen eine Tragödie für die Schleimhäute bedeutet: das bringt die Temperatur um glatte drei Grad runter! Bei so einer Kälte läßt sich keine verläßliche Virenabwehr mehr aufrechterhalten, das schafft kein Hals der Welt. Obwohl ich nun schon seit August gegen die viele Arbeit im Büro, deinen Alkohol und Zigarettenkonsum protestiere, nichts. Du willst mich einfach nicht verstehen. Und dein Urlaub in der Provence, wo du trotz Mistral keine Strümpfe angehabt hast und im viel zu kalten Schwimmbad planschen mußtest, o.k., ich habe dich durchgehend gewarnt. Aber du, du wolltest eben très chic sein, wie die Franzosen sagen. Prioritäten, nicht wahr? Hast du mal drüber nachgedacht, was es bedeuten könnte, mit den lästigen Halsschmerzen? Ich meine – wirklich bedeuten könnte? Das du dir vielleicht zuviel aufhalst, he? Kommt dir nicht in denn Sinn, nicht wahr? Ich weiß, du schmückst mich statt dessen mit dem neusten Tüchlein und Kaschmirrollis, versteckst das Gefühl, daß man vielleicht auf jemanden einen Hals haben könnte. Paßt übrigens zu deiner ausgeprägten Harmoniesucht. Typisch Waage, aber die negativen Attribute verdrängst du immer sofort. Deine Konfliktunfähigkeit ist genauso legendär wie deine Prioritäten, aber das nur am Rande. Tja, meine Liebe, so wie es aussieht, werde ich noch eine Weile kratzen, eben bis du verstanden hast, was ich will und brauche. Und übrigens: die Kollegen aus der Nackenabteilung sind auch unzufrieden, da sind ein paar kleine Blockaden. Wolltest du nicht längst mal wieder zu deiner Krankengymnastin? Ach ja, hatte ich vergessen, deine Prioritäten!

„So, wir können jetzt ausspülen." Die blutjunge und bildschöne Friseurin reißt mich aus meiner unangenehmen inneren Unterhaltung mit meinem Hals. Ich bin völlig verwirrt. Unsicher. Oder einfach nur verrückt? Bin ich wirklich so schlecht zu meinem Hals? Hat er am Ende noch recht? Ich, ein halsstarriges Monster? Ich werde drüber nachdenken. Und weniger Horoskope lesen. Von wegen strotzende Vitalität. Ha! Habe ich eigentlich wirklich gerade mit meinem Hals geredet? Färben die neurotischen Verhaltensweisen der Darsteller in meinen Lieblingssendungen wie „Ally McBeal" oder „Sex and the City" am Ende tatsächlich ab? Sollte ich vielleicht eher zum Psychiater anstatt zum Hals-Nasen-Ohren-Arzt? Ich weiß es nicht, es wird sich finden, ich bin ja ein Glückskind. Na dann, Hals und Beinbruch.

Reizmagen im Einkaufskorb

Feierabend. Aber schon kurz vor halb acht. Mensch, bin ich froh, daß ich es noch in den Supermarkt geschafft habe. Edel ist der, riesig und ausgestattet wie ein echter Delikatessenladen. Herrlich, diese neue belgische Lebensmittelkette. Und viele Fertiggerichte haben die. Da braucht frau nicht mehr so lange zu kochen. Wunderbar. Wie gemacht für Abende wie diesen nach nichtendenwollenden Büro Besprechungen. Mein Einkaufswagen ist im Nu voll gestopft mit den wundervollsten Köstlichkeiten aus aller Welt. Das verspricht schon jetzt die Qual der Wahl, wenn ich mich nachher entscheiden muß, was ich mir denn gönne. Sushi oder Lasagne, chinesische Reispfanne oder die knusprige Pizza. Gemüsepfanne mit Hähnchensteifen oder Fischfilet provenzalisch. Ha, herrlich dieses lustgesteuerte, hemmungslos gierige Einkaufserlebnis. Leider bin ich gerade etwas hungrig. Klar, so sollte frau nicht einkaufen. Passiert Ihnen doch auch ab und zu, oder? Hubs, der Gang mit den Süßigkeiten. Wo ich schon mal hier bin, kann ich auch an einen winzigen Nachtisch denken. Man gönnt sich ja sonst nichts. Also noch schnell die belgischen Pralinen in den Korb. Fettige, sahnig schmelzende Glücksmomente in tiefschwarz glänzender Schokolade, wenn nicht anderes mehr geht. Na gut, fast nichts. Und weil ich noch nicht weiß, wofür ich mich bei all diesen Köstlichkeiten entscheiden werde, nehme ich lieber eine Flasche vom roten und vom weißen Wein mit. Sicher ist sicher. Dieses Gefühl, dieser volle Wagen, das ist wie jagen und sammeln zugleich. Und die Beute ist gut, verdammt gut dieses Mal. Mir läuft das Wasser im Mund zusammen. Dumm nur, früher haben das mit dem Jagen die Männer gemacht, aber wenn man keinen hat, muß man halt selber ran. Was soll es, ist halt ein winziger Tribut an die wunderbare Neuzeit, in der frau ansonsten emanzipatorisch beinahe alle Möglichkeiten offenstehen. Sozialkritische Gesellschaftspolitik und Emanzipation sind jetzt allerdings gerade nicht meine Themen, liegen einfach viel zu schwer im hungrigen Magen.

Nun an die Kasse und dann endlich ins traute Singleheim, ab in die Jogginghose und mit dem lang ersehnten Essen vor die Glotze. Vor den Kassen das gewohnte Bild. Endlose Schlangen von schick gekleideten Frauen und Männern, gehetzt, aber zufrieden mit der Beute im Einkaufswagen. Singleportionen, Finger Food, vakuumverpackt, nett anzusehen und flugs zubereitet. Nix Essen wie bei Muttern. Wir sind hip, wir sind in und richtig kochen können wir später noch, wenn wir Karriere gemacht haben und das Landhaus in der Provence besitzen. Das wird dann jetzt leider noch ein wenig dauern. Mit dem Bezahlen, meine ich. Das mit dem Landhaus sowieso. Wie ich also so dastehe und in meine Warteschlangentrance gleite, passiert es. Ich bin entsetzt. Ich dachte, das passiert mir nicht wieder. Aber doch! Diesmal spricht mein Magen, der knurrende, zu mir ...

Sag mal, geht es dir eigentlich noch gut? So richtig, meine ich? Ich, dein Magen, melde dir schon seit Stunden in Intervallen, daß du ruhig mal wieder was essen könntest. Und du? Du ignorierst mich einfach. Ich bin total sauer! Aber du, du mußt noch eben dies und das und dann noch in den Supermarkt. Wenn ich den Kram in deinem Einkaufswagen nur sehe, weiß ich doch schon, was gleich wieder auf mich zukommt. Und das nach diesem kargen Frühstück und dem, was du Mittag genannt hast. Ich hätte ja nichts gegen eine gute alte Stulle, mit Liebe geschmiert und in Ruhe gegessen. Ich brauche keinen fetttriefenden, plattgehauenen Klops mit Mayonnaise und Ketchup, den man zwischen zwei müde Weißbrothälften quetscht und in einem Plastikrestaurant in aller Eile während der Mittagspause verschlingt. Klar, kauen braucht man dabei ja auch nicht mehr, so matschig wie das Zeug ist, dafür ist man natürlich cool und in. Hast du auch nur die leiseste Ahnung, wofür kauen eigentlich gut ist? Na? Die Verdauung fängt da oben an, in deinem Mund, den du ganz offensichtlich nur zum Schminken und Weißen deiner Zähne beachtest. Kauen setzt schon im Mund Enzyme frei und beginnt die Nahrung aufzuspalten. Das braucht der ganze Verdauungstrakt, das ist wichtig für den langen Weg des gesamten Verdauungsvorgangs und auch für die Nährstoffausbeute. Vorausgesetzt, man hat überhaupt etwas mit Nährstoffen gegessen. Zusätzlich wird die Nahrung durch kauen ordentlich eingespeichelt und so vorbereitet. Na ja, wieder vorausgesetzt, man legt Wert auf eine ordentliche Vorbereitung. Die fängt übrigens bei der Auswahl der Nahrungsmittel an, meine Liebste. Frisch heißt eben nicht frisch aus der Tiefkühltruhe, und gekocht meint nicht in der Mikrowelle erhitzt. Am besten sind natürlich ökologisch hergestellte Lebensmittel, vegetarisch und fettarm. Ordentlich Kohlehydrate, gute Eiweiße und ungesättigte Fette. Klar, das ist nicht in und geht nicht schnell. Macht ja Mühe, kostet Zeit. Aber ich sage dir, wenn du so weitermachst, ruinierst du mich. Ich bin ja so was von sauer, kann ich dir sagen! Ich will ordentliche drei Mahlzeiten am Tag und viel Wasser, ja, das will ich. Und was kriege ich? Guck doch mal die Sachen an, die ich gleich wieder verarbeiten muß: fettes Zeug mit derartig vielen E-Nummern und Haltbarkeitsmitteln, daß die Chemiewerke einen Freudentanz aufführen müßten.

Außerdem kurbelst du eindeutig die Wirtschaft an, wenigstens die Abfallwirtschaft, bei der Verpackung. Dafür ist das Essen so schön bunt. Gefällt dir, nicht wahr? Versace auf dem Teller und Missoni im Magen, schöne bunte Kunstwelt, macht auch vor dem Essen nicht halt, bah, wie mich das schüttelt! Keiner fragt, wie ich damit fertig werde oder wo ich die Reste von dem Kram ablagern soll. Interessiert dich das? Nein? Dachte ich mir. Du guckst ja viel zu sehr auf das Äußere, typisch. Kaufst nur Obst ohne Stellen. Zu Weihnachten mit Wachssternchen drauf. Und Salat in mundgerechten Stückchen aus der Tüte. Als ob Tüten auf Feldern wachsen und Chemie normal ist für mich, deinen Magen. Ich soll alles verdauen, was du so schluckst, nicht wahr? Aber vielleicht hast du in deinem normalen Leben viel zuviel geschluckt? Hast was nicht verdauen können, he? Was genau liegt dir eigentlich auf dem Magen, Baby? Ob es sich nicht lohnen würde, deinen Hunger auf das Leben mal anzugucken? Was du dir alles so versagst, nicht traust, nicht ordentlich angehst und vorbereitest? Wäre bestimmt interessant. Aber mit dem schillerndbunten Essen, das praktisch nicht mehr verderben kann, schafft man es immerhin, sich so schön abzulenken, von allem. Auch von den eigenen, nicht erfüllten Bedürfnissen, nicht wahr? Vielfalt im Einkaufskorb anstatt Abwechslung und Erfüllung im Leben, wie zum Beispiel Shopping in San Francisco, Schwimmen mit Delphinen in Florida, einen Flohmarktbummel in Paris, Trekking im Himalaja oder einfach nur ein Picknick irgendwo am Strand. Auszeit für dich, deine Seele und mich. Mit allen Sinnen genießen, statt in Eile dieses Zeug da runterschlingen. Aber man ist in. Sieht so aus, als ob ich mal wieder meine guten alten Kumpels, die Schleimhäute auffordern müßte, sich zu wehren. Dürfte eigentlich kein Problem sein, so sauer wie wir hier durch deinen Lebensstil alle schon seit längerem sind ...

„Entschuldigung, würden Sie wohl Ihren Wagen ein wenig vorschieben, wir sind alle spät dran, nicht wahr?" Die Sätze des hinter mir wartenden Managertypen im grauen Flanellanzug erreichen mich durch dichten Nebel. Eine Entschuldigung stammelnd, versuche ich zunächst, meine Gesichtsfarbe von Klatschmohnrot wieder auf normalen Hautton zurückzufahren, gleichzeitig schiebe ich den widerspenstigen Karren voller verlockend aussehender, aber todesgiftiger Speisen an die Kasse. Ist es tatsächlich passiert? Hat gerade mein Magen zu mir gesprochen, besser gesagt, mich aufs Schlimmste beleidigt und mir gedroht? Das After-shave von dem Flanellanzug wabert durch meine Gedanken (Calvin Klein, kein Zweifel). Hektisch werfe ich meine Beute, über die ich mich vor wenigen Minuten noch so instinktsicher gefreut habe, auf das Band. EC-Karte rüberreichen. Ich habe bestimmt zu lange nichts gegessen. Unterzuckerung, das muß es sein. Gleich im Auto werde ich die Pralinen essen. Fettige, sahnig schmelzende Glücksmomente in tiefschwarz glänzender Schokolade, wenn nichts anderes mehr geht. Jetzt geht gerade wirklich nichts anderes mehr. Oder geht tatsächlich etwas in meinem Leben nicht mehr? Sollte ich mir vielleicht doch ein oder zwei Gedanken über mich machen? Meine hippe Großstadtwohnung, das Singleleben? Meine exzentrischen Freundinnen? Den hektischen Job? Statt dessen vielleicht makrobiotische Kochkurse belegen und vegetieren, sorry, ich meine natürlich meditieren. Unerfüllte Lebensträume geschluckt und nicht verdaut? Lauern da fettige Brokken meines Lebens, verdrängt und unbewältigt in meinem Magen? Allzeit bereit, mir übel mitzuspielen? Ich bin eindeutig unterzuckert. Nix wie raus hier. Noch ein verführerisches Lächeln zum grauen Flanell. Na bitte, geht doch! So und nun Schluß mit dem Magenpsychoterror aus dem Supermarkt. Kann einem ja wirklich sauer aufstoßen. Ab ins Auto, Pralinen reinschieben und dann nach Hause, in Ruhe E-Nummern essen. Bunte Vielfalt, einfach Feierabend. Morgen werde ich dann über die Abwechslung in meinem Leben nachdenken. Aber halt, morgen ist wieder Bürobesprechung, diesmal mit der Buchhaltung. Dann aber übermorgen. Bestimmt.

Selbstwert im Sinkflug

Ich liebe es! Hier sitze ich nun am Düsseldorfer Flughafen und warte auf meinen Flug nach Paris, geschäftlich. Es ist Messezeit. Frühjahrskollektion für die Home and Decoration Branche. Meine Boutique. Stylisch, herrlich, in. Ich gerade mitten im Trubel. Einfach schick sein, dazugehören. Ein Global Player, weit weg von kleinbürgerlicher Spießigkeit, unterwegs in die große weite Welt. Man ist wichtiger am Flughafen. Viel wichtiger als für gewöhnlich. Fragen Sie mich nur nicht, warum. Und das richtige Outfit ist extrem entscheidend. Kaschmirtwinset, maigrün, Jäckchen über die Lederjacke drapiert, vorn leger geknotet. Sonnenbrille im Haar. Drückt ein wenig, muß frau aber durch. Wer schön sein will, na, Sie kennen den Spruch. Große, edle Reisetasche. Bloß nicht für sein Gepäck schämen müssen, denn das ist schon das Aushängeschild, sozusagen die Visitenkarte des Besitzers in Sachen Stil. Seufzend nippe ich an meinem Latte Macchiato. Mein zufriedener Blick schweift durch die Halle, taxiert hier eifrige Handytelefonierer (schick sind die, alle die Chefs der Großkonzerne von morgen, bestimmt sogar) und mustert dort den Schwarm vorübertrippelnder Stewardessen. Botinnen einer schönen, neuen und so anderen Welt als der da draußen vor dem Terminal. Leicht und locker. Beinahe schon über den Wolken. Und ich mittendrin. Ich freue mich. Auf Paris, das Hotel, die Messestände voller herrlich unnötiger, aber todschicker Neuigkeiten für Home and Garden, Lifestyle pur. Als meine Finger mit den frischgelackten Nägeln nun gerade den kleinen Keks aus seiner Umhüllung schälen, passiert es. Ganz leise. Ich muß mich richtig konzentrieren, damit ich diese Stimme verstehen kann, die da zu mir spricht ...

Hallo, ich möchte gerne mit dir reden. Über was Wichtiges. Hörst du zu? Ja? Also dann. Du denkst wirklich, daß du dich hier wohlfühlst, nicht wahr? Wirklich? Ich bin mir da nicht so sicher, weißt du? Oh, ich habe mich noch gar nicht vorgestellt. Ich bin es, dein Selbstwert, und ich bin ziemlich klein. Ich versinke hier in dieser riesigen Kulisse. Du scheinst es aber nicht einmal zu bemerken. Genau darüber muß ich mit dir reden, denn du hast da was falsch verstanden, glaube ich. Du sonnst dich im Glanz der schönen Dinge, die dich umgeben. Dabei gäbe es hier drinnen, in dir, so viele wundervolle Ressourcen, die dich von innen heraus zum Leuchten, zum Glänzen bringen könnten. Aber natürlich ist es einfacher und schneller, sich nach außen zu orientieren und von dort bescheinen zu lassen. Sich mit Schönem zu umgeben, damit man die eigene Leere nicht spüren muß, nicht wahr? Aber sie ist da. Du kannst dich noch so amüsieren, ablenken und mit Terminen vollstopfen. Du müßtest es doch besser wissen. Du kennst sie doch, diese einsamen Momente in den teuren Hotelzimmern. Wenn du dich fragst, wofür du das eigentlich alles machst. Sekundenbruchteile voller ungewollter Ehrlichkeit. Entwaffnend offene Fenster nach innen. Schnell wieder schließen. Manche von den anderen Frauen haben ihre Ehemänner, Freundinnen oder wenigstens ihre kleinen Hunde dabei. Du hast nichts, aber du läßt es nicht zu, genau das wahrzunehmen. Schaust statt dessen lieber mal, was für einen Champagner die Minibar zu bieten hat. Bloß nicht nachdenken, nicht wahr? Über spießige Geborgenheit. Über ein Zuhause mit der Familie, vielleicht ein oder zwei schnurrenden Kätzlein, die sich abends an dich schmiegen. Dein Wert steigt nicht durch die Schönheit der Dinge, die dich umgeben. Nicht durch Schmuck oder eine gestylte Umgebung. Er steigt durch deine inneren Werte, durch Liebe, Mitgefühl, Freunde und einen Sinn. Denk mal darüber nach. Schau sie dir an, die prachtvollen Bauten in Paris, die riesigen Avenuen und Alleen, die große Messe, die du besuchen wirst, mit all den schönen Sachen. Die Lebendigkeit der Stadt, das pulsierende Leben. Es fühlt sich gut an, nicht wahr? Und was wäre, wenn du auf dem Lande sein würdest? Ruhe, viel grüne Wiesen, grüne Felder, grüne Büsche und noch grünere Bäume statt grüner Kaschmirjäckchen. Frische Luft und wenig Handys. Was würdest du da fühlen? Deine Größe? Deine Wichtigkeit im Job? Oder eher diese innere Leere, dieses Verzagen und Zweifeln, diesen Frust? Die Tatsache, mit all den Gedanken alleine sein zu müssen ohne die pulsierende Ablenkung der modernen Welt? Einer Welt, die früher oder später krank machen muß. Einfach weil sie künstlich ist und mich klein hält. Weil sie betäubt, statt Entwicklungsspielraum zu geben. Aber der ist da. Für dich und für mich. Schau dir die Umgebung an, egal wo du bist. Sie reflektiert deine Ressourcen. Immer und überall, nur entwikkeln mußt du sie schon noch, diese Quellen der Kraft, um mich, dein Selbstwertgefühl, zu stärken. Du bist doch in, weißt immer genau Bescheid. Guckst CSI Miami, Crime Scene Investigation, den letzten TV-Renner aus USA. Diese tollen Typen klären jedes Verbrechen, jeden Mord auf. Alles. Was würden die sagen, wenn sie hinter deiner gestylten Fassade mich, dein lausig kleingehaltenes Selbstwertgefühl fänden? Ein Skandal in Edelklamotten, getarnt durch Designergepäck und In-Getränke. Entsetzt wäre man. Ich, ein Nichts. Mord am Selbstwert. Leise. Schleichend. Unbemerkt. Weil du vergessen hast, mich zu stärken. Ein wirkliches Verbrechen, das du alleine schuld bist. Dabei wäre alles so einfach. Die wirklich wichtigen Eigenschaften sind Liebe, Wärme, Mitgefühl, Hilfsbereitschaft. Unstylische, aber wunderschöne Gefühle, die mich stärken würden. Du kannst gleich anfangen. Da hinten, die ältere Dame, hat Schwierigkeiten mit ihrem unmodernen Koffer. Los, steh auf und tu was ...

Blinzelnd sehe ich zu einem der Tische, die weiter rechts in meinem Blickfeld stehen. Tatsächlich. Eine ältere Dame, gekleidet wie aus einer ärmlichen Vorstadt. Ihr brauner Koffer, den ein Lederband zusammenhält, ist hingefallen, und sie bekommt ihn nicht mehr hoch. Ehe ich wieder ganz bei mir bin, springe ich auf, spurte zu ihr und stelle das ledernde Elend wieder auf seine Füße. Da treffen mich große blaue Augen. Ein Blick aus tausend runzeligen Falten. Weisheit, die mich beschämt.

„Danke, Kindchen. Das hätte ich nicht erwartet. Vielen Dank."

Das hätte sie von mir nicht erwartet, sollte das heißen. Ehrlichkeit, die ins Mark trifft. Durch das DKNY-Kaschmirtwinset und die Lederjacke. Mitten rein. Aber die Dankbarkeit und die Intensität ihres Blickes sagen etwas anderes. Spotten nicht. Sondern erfüllen mich. Was für ein schönes Gefühl, wirklich und tatsächlich. Auf einmal weiß ich, was es heißt, etwas wert zu sein in den Augen eines anderen Menschen. Toll und ganz und gar unbekannt, dieses Gefühl da gerade. Unspektakulär, aber riesig. Es macht so groß, so frei. Anders als ich je gedacht habe. Wer hatte da eigentlich gerade noch zu mir gesprochen? Und was tue ich hier eigentlich? Ach ja, ich will nach Paris. Mich ein bißchen besser kennenlernen, mit all den Ressourcen. Nein, Blödsinn, einkaufen will ich. Für meine schicke Boutique. Oder? Woher kam eigentlich gerade diese leise Stimme? Ich höre da so ein wissendes Kichern ...

Pollen auf zwölf Uhr

Wie wunderbar, ein freier Nachmittag im späten Frühling. Ich auf dem Weg zu meiner besten Freundin Lena. Kaffeeklatsch auf der Terrasse, Törtchen essen, ein Prosecco dazu. Sahne für die Seele. Frauenthemen bequatschen, Modetrends diskutieren und Einkaufsstrategien festlegen. Vielleicht ein wenig über gemeinsame Bekannte reden. Nur ein wenig, versteht sich. Und über Männer. Sowieso. Über die, die wir suchen, die die wir hatten. Zur Zeit sind wir beide solo, so etwas verbindet. Mein Auto fliegt nur so über die Autobahn, Lena wohnt gute dreißig Kilometer weit weg, und wir sind engagiert im Job, frau sieht sich nicht so oft, leider. Aber heute hat es geklappt. Draußen zieht die Landschaft vorüber, blühende Büsche und Gräser, die sich idyllisch im Wind wiegen. Die Natur wird bunt, der Sommer ist nicht mehr sehr weit weg. Na ja, es ist ja auch schon Anfang Juni. Ich genieße die Frühlingsluft gefiltert. Antiallergene Technik im schwarzmetallic Outfit meines neuen Flitzers. Allergien sind lästig, aber man kann sie dank Technik und Mittelchen aus der

Apotheke aus dem Leben verbannen. Genießen will ich, draußen sitzen, was soll es also. Hinein mit den Mittelchen, hinaus ins pralle Leben. Shakira tönt aus den Lautsprechern, Musik, die die Seele hüpfen läßt. Man, was geht es mir gut. Aber was ist das? Ein Sprung in der CD? Ist doch neu, kann nicht sein. Aber da höre ich etwas, eine Stimme, sehr unmelodisch, eher krächzend ... Ja, ich glaube es kaum, sie übertönt die Musik. Moment, ich stell mal leiser ...

Ja, du hörst richtig! Jemand spricht zu dir. Aber nicht irgend jemand sondern ich bin es, dein Immunsystem, Allergieabteilung. Mir und den Kollegen von der Abwehr stinkt es hier gewaltig, aber du bist ja damit beschäftigt, uns ständig wegzudrücken, statt uns mal wahrzunehmen. Jetzt wird dir das allerdings nicht mehr gelingen, jetzt nicht mehr. Diesen Ausflug nutzen wir, um uns mal Luft zu verschaffen. Du, in deinem pollenfreien Käfig auf vier Rädern. Gefilterte Luft, keimfrei und vorgekühlt. Lächerlich ist das! Wie die Prinzessin auf der Erbse, diesmal allerdings stäubchenempfindlich und fusselsensibel. Wir wußten gar nicht, daß es auch Moden gibt, bei den Prinzessinnen. Scheint es aber zu geben, merken wir ja. Und weil du in bist, machst du sie alle mit. Nicht nur bei den Designerteilen, nein, auch bei den Erkrankungen bist du ganz vorn dabei. Allergien sind scheinbar in zur Zeit, haben Hochkonjunktur. Da kann frau dies nicht essen, jenes nicht trinken oder, oh herrje, kein Kätzchen in der Nähe ertragen. Ein allergisches Pickelchen, ein

Niesen und ein Hüsteln und schon muß die gesunde Gemeinschaft reagieren, Extrawürstchen braten, Tiere schleunigst entfernen und all das tun, was du in liebevoll tyrannischer Weise so brauchst, damit es dir gutgeht. Du dankst huldvoll lächelnd, kannst ja nicht dafür. Meinst du wirklich? Ich als dein Immunsystem weiß, wie lästig sie sind, die Allergien. Und gefährlich zudem, das unterschätzt du vollkommen. Ich muß dir ja alles häppchenweise servieren, keimfrei, logisch. Damit du es verträgst. Es soll ja genügend Prinzessinnen geben, die schon allergische Symptome entwickeln, wenn sie nur Photos mit Kätzchen und blühenden Gräsern sehen. Na ja, so weit bist du noch nicht, das kommt erst noch. Wenn du nicht endlich was tust, jedenfalls! Ich will mal versuchen, dir klarzumachen, was ich für dich tue. Als dein Immunsystem bin ich die Abwehr, ich setze mich – für dich meist völlig unbemerkt – mit den Dingen auseinander, die über die Luft, die Schleimhäute oder einen Kratzer in der Haut hineinkommen in deinen Luxuskörper. Ich unterscheide, was harmlos ist und was bekämpft werden muß. Das ist lebenswichtig, ich bin sozusagen die Polizei deines Körpers. Bilde gegen Krankheitserreger wie Bakterien und Viren, die man übrigens Antigene nennt, Spezialagenten aus, die Antikörper. Aber mit den Pollen, Stäubchen oder Tierhaaren ist das so eine Sache, die sind eigentlich gar nicht gefährlich. Es ist, als würde ich mein Heer von Spezialeinheiten losschicken, um einen Taschendiebstahl aufzudecken. Eben mit Kanonen auf Spatzen schießen. Ein wahnsinniger Kampf wird da gekämpft, in deinem Inneren. Den du allerdings mit Hilfe modernster Medikamente wegdrückst. Nicht zulassen willst, nicht wahrnehmen willst. Du, das Kind der Meister-Proper-Generation. Sterile OP-Hygiene im Kinderzimmer statt einer Portion Sand im Gedärm. Was waren das noch Zeiten, als Kinder in der Erde wühlten, dreckig waren und Würmer haben durften. Da hatte die Abwehr was zu tun, konnte lernen. Aber heute? Nichts los, keimfreie Umgebung. Langeweile, Müßiggang, also schießen die Agenten auf Spatzen. Aggression auf der falschen Ebene. Oder denkst du tatsächlich, was hier abgeht, hat ausschließlich mit dem Körper zu tun und läßt deine Psyche außen vor? Denk mal darüber nach, wovon du die Nase voll hast, worauf in deinem Leben du total allergisch reagierst, was du nicht mehr aushalten kannst. Na? Schon eine Idee? Nein? Dann geb' ich dir noch einen Tip: Was hier drinnen tobt ist ein verschobener Krieg, weil du es draußen, im richtigen Leben nicht hinkriegst. Verdrängte Wut einer liebreizenden Prinzessin, die ach so gut im Alltag funktioniert. Nur nicht zuviel hereinlassen, nicht wahr? Keine großen Gefühle, keinen Dreck, keinen Aspekt für den man sich am Ende noch schämen müßte.

Schau sie dir mal an, die Dinge, auf die du allergisch reagierst. Das sind Symbole, Themen, die du nicht wahrhaben willst. Statt Auseinandersetzung plumpst das Symptom in die Psyche. Verdrängt, aber nicht verschwunden. Unbehandelt, unverhandelt geht der Krieg weiter, Kreuzallergien wie Kreuzzüge und Etagenwechsel stehen an. Aus Heuschnupfen wird Asthma. Keine Chance. Außer, du guckst endlich hin. Guckst deine Angst an, stellst dich und ergibst dich. Tust was. Dein Körper ist schlauer. Ich, dein Immunsystem sowieso. Trenne selbst von fremd, bin nie freundlich zu Feinden. Ich weiß, wer ich bin und wen oder was ich brauche. Und du?

Die Fahrbahn verschwimmt ein wenig vor meinen Augen. Ich blinzele heftig und kralle mich am Lenkrad fest. Erst allmählich registriere ich, daß ich hinter diesem LKW herschleiche. Bestimmt schon seit einer Ewigkeit. Er fährt für eine Molkerei. Kuhmilch. Darauf bin ich am schlimmsten allergisch. Ironie des Schicksals. Draußen Gräser. Ich sehe jeden einzelnen Halm aufgerüstet, in Helmen und zum Kampf bereit. Hinter Kanonen, die mit Pollen beladen sind. Ich habe keine Chance zur Flucht. Es muß der Streß sein. Der Streß der letzen anstrengenden Wochen. Meine Güte, ich muß gleich mit Lena reden. Gut, daß ich sie heute sehe. Ich habe wirklich die Nase voll von all den Überstunden im Büro. Was habe ich da gerade gesagt. Die Nase voll? Mein Gott, es ist ernster als ich gedacht habe. Und langsam, ganz, ganz langsam beginne ich zu begreifen, daß mein Körper es gut meint mit mir. Jedenfalls in diesem komischen

Tagtraum, den ich da gerade gehabt habe. Oder waren das doch eher die im Hirn verbuddelten, unbewußten Reste des neuen Agententhrillers, den ich gestern als DVD-Raubkopie gesehen habe? Agenten? Antikörper? Keine Ahnung, ehrlich!

Drei, zwei, eins – deins!

Nur noch ein paar Bahnen schwimmen, dann höre ich auf. Der rüstige Rentner auf der Nebenbahn des öffentlichen Freibades mit dem Fünfzig-Meter-Becken ist schon wieder an mir vorbei. Ich bin langsam wie eine bleierne Ente. Aber stolz, daß ich es trotz Müdigkeit geschafft habe, herzukommen. Schon erstaunlich, daß ich bei meinem Tempo nicht einfach untergehe. Aber ich bleibe oben. Jetzt kommt der Rentner wieder. Rückenschwimmend. Dabei verläßt er mit jedem Armzug ein bißchen mehr seine Bahn. Er wird mich treffen, da besteht kein Zweifel. Noch drei, noch zwei, noch eins. Jetzt.

Rums. Wortreiche Entschuldigung, hat er nicht so gemeint. Aber ich. Ich wollte nicht schon wieder ausweichen. Es ärgert mich eh, daß der so fit ist und ich, eine Frau in den besten Jahren, kaum nachkomme. Dabei weiß ich, woran es liegt. Büro, der Haushalt, gestern die Schwiegermutter zu Besuch. Also konnte ich keine gute Laune haben. Habe ich sowieso selten, wenn ich so schlecht geschlafen habe. Vollmond. Zu allem Überfluß. Aber was soll es, hier im kalten Wasser hatte ich angenommen, wach zu werden. Wenigstens wird man unsanft von den Rentnern geweckt. Die sind gewaltig wach. Am schlimmsten sind die weiblichen Exemplare, die grüppchenweise auftreten, schon morgens laut lachen und einander im Wasser die niedlichen Anekdoten der entzückenden Enkelchen erzählen. Dabei nehmen sie auch gerne die ganze Beckenbreite ein. Da werde ich zum weißen Hai. Also gut, aufgrund unerheblicher anatomischer Unterschiede eher zu Moby Dick. Egal, Hauptsache, prustend loskraulen (kann ich eh nicht gut) und mitten durch. Der Haken ist nur, daß ich das immer nur in meiner Phantasie tue. In der Realität schwimme ich irgendwie drum rum und bin sauer. Dabei bewundere ich immer diese jungen Männer, diese göttlichen Sportler, die zielstrebig mitten durch die Damengruppen ziehen, als wären diese schlicht nicht vorhanden. Heute sind sie alle da. Da drüben die Ladys und gleich hinter ihnen ein Athlet. Lautlos und schnell. Er ist der Hai. Kein einziger Schrei entrinnt den weiblichen Kehlen, als der Gott der Muskelpracht durch sie hindurchschnellt, mehr so eine Art Gurgeln. Anschließend sitzt die rosa Badekappe mit den orangefarbenen Blüten ein wenig schräger, bis zum Beckenrand. Adonis schon wieder bei der Wende. Gefahr jetzt von vorne, pfeilschnell und ungnädig. Diesmal erwischt es die Dicke in Lila. Einfach untergeduckt. Der Sportler hat es scheinbar nicht gemerkt, gleitet weiter. Aber sie wissen immer, an welcher Stelle ihrer Geschichte sie gerade waren, diese Damen, wenn sie auftauchen. Ich warte auf den Moment, wenn die Sportler verkappte Verkäufer sind und kraulend Heizdecken anbieten, mitten im Becken. Huch, da kommt der Rentner wieder. Rückenschwimmend. Schon wieder. Noch drei, noch zwei, noch eins. Genau im Moment des Aufpralls passiert es. Da ist sie wieder, diese Stimme. Während ich ihr zuhöre, lasse ich mich einfach zum Boden des Beckens gleiten, hinab in das gekachelte Blau einer städtischen Badeanstalt ...

Das hast du grandios gemacht! Ich, deine Abteilung für das Ausleben asozialer Gefühle, bin stolz auf dich. Doch, doch, es gibt mich! Ich gehöre zu den Gefühlen, die du als Mensch gar nicht gerne hast, Schattenanteile deines ach so glänzenden Selbstbildes sozusagen. Ich lebe neben den Kollegen Neid, Eifersucht, Wut, Gemeinheit, Notlügen und Selbstgefälligkeit in einem Block in deiner Psyche. Die Bronx deines Egos sozusagen. Wir amüsieren uns prächtig miteinander, und weil du ein ziemlich guter Mensch bist, kommen wir nicht oft zum Zuge. Brauchen wir auch nicht. Aber ab und zu muß es sein. Oder denkst du im Ernst, daß man nur mit Nettigkeit durchs Leben kommt? Vergiß es, dabei wirst du doch nur ausgenutzt, aber wem erzähle ich das. Du kannst doch Bücher füllen, mit deiner Gutmütigkeit. Was tust du, wenn deine Schwester dich wieder spontan anruft, weil ihr der Babysitter ausgefallen ist? Na? Klar, obwohl du dich so auf einen ruhigen Abend gefreut hast, gehst du. Warum auch zum zehnten Mal Casablanca angucken. Weil es schön ist, Mann! Und weil du es wolltest! So was ruft uns auf den Plan. Einfach, weil du nicht nein sagen kannst. Also müssen wir den Job übernehmen. Am besten klappt das bei dir, wenn wir uns mit der Gesundheitsabteilung verbünden und einen feisten Kopfschmerz oder auch mal eine üble Magenverstimmung bestellen. Dann kannst du auf dich achten. Aber muß es denn immer soweit kommen? Du kannst doch auch nett sagen, daß du keine Lust hast. Na gut, kannst du eben nicht. Du sagst ja auch deiner Chefin nicht, daß du auch mal gerne in den Schulferien freihättest, damit du mit der Freundin mit Kind in den Urlaub könntest. Du machst brav die Überstunden und hältst die Klappe. Aber wir nicht. Und das ist gut so, denn immer, wenn wir im Spiel sind, gibt es was zu lernen. Beim Kollegen Neid ist das am deutlichsten. Du bist doch nur auf etwas neidisch, was dich auch interessiert oder was du auch gerne hättest oder könntest, dich aber nicht traust. Aus welchen Gründen auch immer. Meist hat es was mit Angst zu tun. Was denkst du, warum du den kraulenden Jungspund da so bewunderst? Na? Der tut was, das traust du dich doch gar nicht in der letzten Konsequenz. Könntest du aber, weil die Ladys in diesem Fall doch die Egoisten sind. Also ran. Drei, zwei, eins, deins! Es ist dein

Leben, nimm dir doch auch mal ’ne ordentliche Portion davon. Dazu gehört Mut, und bis du den endlich entwickelt hast, helfen wir dir noch ein wenig. Hat doch schon prima geklappt mit dem Rükkenschwimmer. Cool! Wir sind stolz auf dich. Aber nun komm mal langsam wieder zu dir, sonst denken die da draußen, du hast es hinter dir.

„Na endlich, sie kommt zu sich. Gott sei Dank!“ Ich öffne die Augen vorsichtshalber erst einmal nur einen Schlitz weit. Um die Lage zu peilen. Gucken, was los ist. So wie es aussieht, hat man mich aus dem Becken gehievt und auf ein Handtuch am Rand gelegt. In mir ein herrliches Gefühl. Ein Hauch selbstgefällig vielleicht. Dieses Lob meines Selbst, wunderbar. Eine Eins für schlechtes Benehmen, davon habe ich meine ganze Schulzeit hindurch geträumt. Späte Rache einer gar nicht so liebreizenden Seele. Böse Mädchen kommen eben doch weiter. Zumindest bis an den Beckenrand des örtlichen Freibades. Ich fühle mich wie Pamela Anderson am Strand von Los Angeles. Diesmal der gerettete Star, Mittelpunkt der Welt. Nur das mit dem Badeanzug, na, sagen wir, meiner ist nicht rot. Alle stehen um mich rum. Der grauhaarige Bademeister mit dem dicklichen Bauch, der athletische Hai, der Rentner und die Ladys. Nur der schöne David Hasselhoff fehlt. Gut, wir wollen es nicht übertreiben. Der rückenschwimmende Rentner ist echt besorgt, ich beschließe also gnädig, meine Augen zu öffnen und unter den leisen Ahs und Ohs aller Umstehenden wieder gänzlich zu mir zu kommen. Aber ich habe mich einen unmerklichen Hauch verändert, durch dieses Eintauchen in die Abgründe meiner Psyche. Ab jetzt lerne ich, liebevoll nein zu sagen. Und die Einladung zum Kaffee mit dem netten Rentner, die nehme ich liebend gerne an. Der hat mir schließlich den Gefallen getan, meinen Schatten kennenlernen zu dürfen! Drei, zwei, eins.

Beschwerde beim Herrgott

Mein Blick fällt auf das Haltbarkeitsdatum der Milchdose in meiner Hand. Öffentliche Cafeteria einer Spezialklinik, Endstation Hoffnung. Abgelaufen. Bei uns Menschen ist es genauso: Irgendwann ist das Haltbarkeitsdatum abgelaufen. Klar, Leben ist von Beginn an ein Prozeß mit hundert Prozent tödlichem Ausgang. Kein Thema für eine Kolumne, eher ein Beschwerdebrief an den Herrgott. Warum muß es am Ende so schlimm sein? Zumindest für schwerkranke Menschen? Für einige von uns. Für meine Mutter. Warum muß sie durch diese tiefen, tiefen Täler gehen am Ende ihres Lebens? Als Angehöriger marschiert man hinterher, durch die Wüste der Hilflosigkeit. Vorher hat der Weg bereits durch die Eishölle städtischer Krankenhäuser geführt. Herrgöttchen in Weiß machen da Fehler über Fehler, nehmen das Letzte und das Wichtigste: die Hoffnung. Wissen nichts und davon reichlich. Reden klug daher, machen Löcher in den Körper und schaffen Depressionen. Kein Wunder im Eispalast mit weißen Wänden, kühlen

Bettgalgen und sterilen Nachttischchen. Professoren, die für ihre Titel alles tun, nur nicht für die Patienten. Geld ist wichtig, das begreift man schnell. Und das kommt vom weltgrößten Arbeitgeber, der Pharmaindustrie. Chemotherapien sind teuer, da fällt für den Herrn Doktor ein neues Auto ab. Für den Patienten bleibt das Gift. Wenn ich auf das Häuflein Mensch dort drüben im Bett blicke, möchte ich laut schreien. Dieses Dolchgefühl im Herzen loswerden, den Kloß im Hals und den Druck im Magen. Aber man steckt fest. Fest im Tunnel der letzten Wegstrecke. Ein letztes Geschenk an den Menschen, den man liebt: Begleitung. Nur schnell in die Cafeteria huschen, schnell zurück. Da sein, wenn sie für wenige Minuten hier ist. Noch.

Die Mutter meiner besten Freundin ist schon seit Jahren in diesem Tunnel. Und hat noch nie geklagt. Wie meine eigene Mutter. Mütter schützen uns Töchter immer, selbst noch im Angesicht des größten Leidens. Kein Mensch weiß, wie sie das machen.

Mein Leben läuft auf seltsamer Sparflamme in diesen Tagen. Der wirkliche Alltag tritt zurück, geht in die Warteschleife. Ist weit weg und doch so nah. Dieser letzte Akt hat eigene Gesetze, denen man sich nicht entziehen kann. Sehr innig einerseits, unendlich leidvoll andererseits. Essen geht schwer, für sie und für mich. Flüssigkeit ist wichtig, trinken geht. Zur Not auch intravenös. Sie schläft.

Wieder warten, Wache halten an ihrem Bett. Auf die Atmung hören. Einfach an ihrem Bett sitzen. Eintauchen in sorgenvolles Nichtstun ohne Zeit und Raum. Die Hoffnung sitzt neben mir. Manchmal, ganz schüchtern und verstohlen, tauchen sie auf, diese Bilder der vergangenen Freude. Des Lebens. Meine Mutter und mein Vater lachend, als sie sich im Rentenalter das knallrote Cabrio gekauft haben. Meine Schwester und ich als kleine Kinder an der Hand unserer Mutter, hüpfend. Sie, schick gemacht auf dem Weg zu einem Fest, im Garten, lachend mit meinen Hunden am Strand. Sie war die tollste Mutter der Welt und doch muß ich sie gehen lassen. Haltbarkeitsdatum abgelaufen.

Ich habe nur noch einen Wunsch: Möge es schnell gehen. Und dann der Lichtblick, Verlegung in ein christliches Krankenhaus. Menschliche Wärme schon zur Begrüßung, liebevolle Gesten. Streicheln. Zuhören. Hinsehen, wie ernst es ist. Kann ich ein Bett haben in ihrem Zimmer? Aber ja. Ich laß dich nicht alleine, Mami. Ich geh nicht fort. Wir stehen es gemeinsam durch. Gegen die Schmerzen gibt es was. Sofort. Aber die Prognose bleibt schlecht. Und erträgt sich trotzdem besser mit Verständnis. Helfen können sie auch hier nicht mehr, lindern schon. Danke. Danke dafür, daß man auch in einem Krankenhaus in Würde auf den letzten Weg gehen darf. Danke für Verständnis, Hilfe, Trost und schöne Worte zur richtigen Zeit.

Ich liebe dich, Mama und wünsche deiner Seele das Allerbeste. Bald.

Deine Tochter, für alle Töchter dieser Welt.

Gedanken an meine letzten Stunden mit Mami

Noch immer höre ich das schwere Atmen in der Nacht. Schnappatmung beim Einatmen sagen die Schwestern. Typisch für dieses Stadium. Röchelndes Ausatmen. Schleim in der Lunge. Aber am Röcheln kann ich hören, daß sie noch da ist.

Die Nacht nach der Rückkehr aus Bad Bergzabern, von Montag auf Dienstag, war begleitet von diesem Röcheln. Liebevolle Ärzte und ein tolles Team in diesem Marienstift. Mein Bett in ihrem Zimmer. Medikamente gegen die Schmerzen, Morphium hoch dosiert. Nichts mehr, was ihr weh tut oder sie leiden lassen könnte. Ich ahne, was das zu bedeuten hat. Noch drei, vier Tage sagt die souveräne junge Ärztin. Das war am Montag.

Dienstag wurden wir um 6.30 Uhr geweckt, sie wurde gewaschen, ich habe geduscht. Frühstück. Schlucken ging nicht mehr. Der Tee blieb unangetastet. Ich habe ein halbes Brötchen hinuntergewürgt. Mehr ging nicht. Dann stille Stunden an ihrem Bett. Das Röcheln wurde schwerer, die Atempausen zwischen Ein- und Ausatmung länger. Es ist beinahe unerträglich, ihr Leiden mit ansehen zu müssen. Streicheln, beruhigende Worte, Erinnerungen an die Zeiten ihres Lebens, unseres Lebens. Innere Bilder ziehen vorüber. Geliebte Seele, geh bald. Geh nach Hause. Ich lasse dich los und werde dich dennoch mit jedem Atemzug vermissen. Schon jetzt.

Kurze Visite. Ein wissender Blick.

Mittagessen. Pastetchen mit Champignonsauce. Profan, aber ich esse. Mami atmet schwer. Noch eine kurze Visite. Ruhe. Ich lege mich einen Augenblick hin, so gegen 13.30 Uhr an diesem Dienstag, dem 16. August 2005. Und sage ihr, sie soll mich wecken, wenn etwas sein sollte. Ich träume vom Tod, wirrem Zeug und dem Six-Step-Reframing aus dem NLP. Seltsam.

Irgend etwas stimmt nicht. 14.00 Uhr. Die Atmung klingt anders. Aufspringen, ans Bett setzen, Hand streicheln, beruhigend reden. Alles in Ordnung. Aber irgend etwas stimmt nicht.

Auf einmal drei kurze Atemzüge, erstaunter Blick aus noch einmal kurz geöffneten Augen, nicht von dieser Welt. Ein tiefer Seufzer, dann sinkt sie zurück.

Seele sagt Körper adieu. 14.15 Uhr.

Ich halte die ganze Zeit ihre Hand, sage, daß alles o.k. ist, daß sie gehen darf. Und starre sie an. Sie ist gegangen. Jetzt schluchze ich laut auf, weine bitterlich. Klingeln. Eine Schwester kommt: „Ja!“ Ein Nicken. Ein Schulterklopfen für mich. Noch etwas Zeit alleine? Ja, bitte.

Liebste Mami, du bist erlöst, aber ich werde die Lücke, die du in meinem Leben hinterläßt, niemals füllen können. Ein Stern an meinem Firmament ist erloschen. Für immer. Aber ich werde es schaffen, damit zu leben, daß es von nun an etwas trüber ist, in meinem Leben. Irgendwie.

Danke, daß ich bei dir sein durfte, als du gegangen bist. Ein Geschenk, ein wundervolles, goldenes Geschenk. Ich liebe dich. Für immer.

Die Kirschlorbeeren schlagen zurück

Mehr Geschichten aus dem Leben

Wie schon im ersten Band geht es auch in diesem zweiten Band um Kurzgeschichten und Texte, in denen sich sowohl das wahre Leben in all seinen Facetten wiederspiegelt, als auch das nicht ganz so alltägliche Leben voller Magie und Fantasie. Auch die neuen Geschichten sind bunt und gefühlvoll, sind mal zum Lachen und lassen den Leser auch mal Weinen.
Kurz gesagt: Mehr Geschichten aus dem Leben.

Erscheint im Januar 2012
ISBN 978-3-00-036544-7

Die Gabe der Libelle Libanette

Ein spirituelles Märchen für Erwachsene

Ein Märchen zum Träumen und Nachdenken, in dem der Leser in die magische Welt der Libelle Libanette eintaucht, die eine besondere Bedeutung für jene Menschen hat, die sie wahrnehmen.

Erschienen im Februar 2011
ISBN 978-3-00-033426-9